유령 전쟁

유령 전쟁

1952, 사라진 아이들

정명섭
장편소설

싱긋

차례

시체꽃 · 007

구름이 꿈꾸는 바다 · 013

대면 · 046

지주위원회 · 070

빨치산 · 086

사라진 아이들 · 102

깊은 밤 · 128

죽음과 삶 · 161

사흘 · 180

용의자 · 214

파국 · 230

진실 · 246

작가의 말 · 269

시체꽃

　칠흑 같은 어둠 속에서 붉은 꽃이 일렁거렸다. 포격으로 속살까지 뒤집힌 땅에서 정체불명의 붉은 꽃들이 속절없이 피어났다. 병사들은 이름 모를 붉은 꽃들이 어제까지 참호에서 함께 뒹굴고 이야기를 나누었던 동료들의 깨진 머리에서 흘러나온 뇌수와 터진 배에서 비어져나온 내장, 절단된 팔다리에서 뿜어져나온 피를 먹고 자란다고 믿었다. 그래서 붉은 꽃을 시체꽃이라 불렀다. 그도 그럴 것이 암흑 속에서도 피처럼 붉은 꽃이 유난히 선명하게 보였다. 그 시작은 1950년 6월 25일이었다. 북한의 기습적 침공으로 일어난 전쟁은 2년이 지났지만 여전히 진행중이었다. 특히 동부전선은 고지를 두고 뺏고 뺏기는 전투가 거듭되고 있었다.

"이번 야습은 무리입니다. 중위님."

미제 작업복 차림의 소대 선임하사인 윤 상사가 말했다. 이에 수통의 물을 마시던 차혁주 중위가 대꾸했다.

"위에서 까라면 까야지. 방법이 없잖아. 윤 상사."

"지금 불곰 머릿속에는 육군 본부로 영전하는 것밖에는 없습니다. 이번에 야습하면 소대 애들이 죄다 죽을 겁니다."

"내가 얘기를 안 했겠어? 그런데 귀에 못이 박혔는지 도통 듣지를 않는 걸 어떡하라고?"

다소 짜증이 섞인 어투의 차혁주 대답에 윤 상사는 참호에 몸을 숨기고 있는 소대원들을 바라보았다. 소대원들은 달빛조차 보이지 않는 깜깜한 밤에 지뢰가 있을지도 모르는 곳에 가야 했지만 누구 하나 소란을 피우지 않았다.

"빨갱이들이 분명 대비해놓고 있을 겁니다. 게다가 이 밤중에 조명탄도 없이 202고지 골짜기를 어떻게 지나갑니까? 거긴 지뢰 투성입니다."

"2소대가 지뢰 개척을 한다고 했어. 우리는 그냥 뒤를 따라가서 첨병 몇 놈 잡아오고 참호에 수류탄 몇 개 까넣고 돌아오면 된다고."

"이놈의 전쟁터에서 계획대로 되는 건 아무것도 없다는 거 잘 아시잖습니까! 우리 애들 다 죽일 겁니까?"

윤 상사의 언성이 높아지자 차혁주가 고개를 절레절레 저었다.

"내가 개기고 공격을 안 한다고 해도 내일이나 모레 고지로 올라가다가 죽을 애들이 태반이야. 쟤들한테 정 주면 안 된다고 윤 상사가 얘기했잖아."

"그래도 오늘 하루는 살게 해줄 수 있지 않습니까!"

"진짜, 이러지 마. 나도 불곰한테 찍혀서 미치겠다고."

총탄과 포탄이 날아다니는 전쟁터에서 상관에게 찍히는 일은 곧 죽음을 의미했다. 전장에서 살아남기 위해서는 모든 것이 용인되었다. 윤 상사를 쏘아본 차혁주는 손목에 찬 시계의 야광 분침을 보았다. 중대장 불곰이 명령한 공격시간이 다가왔다. 전방에 있던 2소대가 움직이는 발소리가 들려왔다. 제1선 참호에 있는 2소대가 먼저 나가서 지뢰를 개척하면 1소대와 그가 이끄는 3소대가 202고지로 진격하는 것이 공격 계획이었다. 목표는 고지 중턱에 있는 첨병 초소 몇 개와 기관총 화점이었다. 대규모 공세 이전에 전과를 올리고 싶은 불곰 때문에 중대 전체가 야간 공격에 나서게 된 것이었다. 물론 불곰과 중대 참모들은 후방의 천막에서 대기하고 있을 테지만 말이다. 머리가 복잡해진 차혁주에게 윤 상사가 나지막이 말했다.

"공격 명령을 내리지 마십쇼."

"윤 상사가 책임질 거야?"

"제가 책임지지 못한다는 거 잘 아시잖아요."

"그래서 이렇게 맘 편하게 얘기하는군."

"애들은 허무하게 죽이지 말아야죠."

그러는 사이 공격 개시시간이 임박해왔다. 우측에 있던 1소대가 분주히 움직이는 소리가 들렸다. 착검한 채 참호에 박혀 있던 소대원들이 일제히 그를 바라보았다. 보급이 부족해 병사들 절반이 철모 대신 철모 내피를 쓰고 있었다. 차혁주는 두려움과 긴장감에 터져버릴 것 같은 그들의 눈을 바라보며 차마 명령을 내리지 못했다.

"미치겠네."

고개를 숙인 채 중얼거린 그에게 윤 상사가 시체꽃을 꺾어서 말없이 건네주었다.

"야! 너 전시 불복종이면 즉결처분인 거 알아, 몰라?"

성이 난 불곰이 씩씩대면서 권총으로 후려쳤다. 차혁주는 턱을 세게 맞고 무전기 옆으로 넘어졌다. 무전병이 놀라서 황급히 무전기를 몸으로 감쌌다.

"이 새끼야!"

바닥에 쓰러진 차혁주의 멱살을 잡아 일으킨 불곰이 코에 권총을 들이댔다.

"네가 처박혀 있는 바람에 공격이 실패했어. 1소대랑 2소대가 개박살이 났잖아!"

차혁주는 실패의 원인이 야습을 예측한 북괴군이 추가로 매설

한 지뢰를 1소대가 밟는 소리를 듣자마자 조명탄을 쏘아올렸기 때문이라고 생각했다. 유리한 위치에 있던 북괴군은 지뢰밭 가운데서 옴짝달싹 못 하고 있는 1소대와 2소대에게 기관총을 닭 잡듯 무차별적으로 난사했다. 하지만 차혁주는 입 밖으로 내뱉지 못하고 속으로만 삭여야 했다.

"대답해봐! 왜 공격 안 했어!"

차혁주는 마구 소리를 질러대는 불곰에게 담담히 털어놓았다.

"윤 상사가 공격하지 말자고 해서 포기했습니다."

"뭐라고? 방금 누구라고 했어."

"제 소대 선임하사 윤학규 상사라고 했습니다."

"이 자식이!"

그 말이 끝나기가 무섭게 불곰은 차혁주를 천막 밖으로 던져버렸다. 중대 지휘 막사 주변에 흩어져 휴식을 취하거나 부상을 치료하던 중대원들의 시선이 일제히 차혁주에게 쏠렸다. 불곰은 손등으로 코피를 닦는 차혁주를 이글거리는 눈빛으로 쏘아보았다.

"윤 상사는 지난주에 죽었어. 유령이라도 본 거야?"

소대 선임하사 윤학규는 지난주 적이 점령하고 있던 202고지를 정찰하러 나갔다가 지뢰를 밟아 소련제 지뢰의 강력한 위력에 흔적도 없이 날아갔다. 그제야 차혁주는 그의 미제 작업복과 안에 받쳐 입는 스웨터를 탐냈던 중대의 다른 부사관들이 안타까워했던 기억이 났다. 차혁주가 아무 말도 하지 않자 불곰은 내려다보면서 소리쳤다.

"이 새끼가 무당의 자식이라 귀신을 볼 줄 안다더니 진짜인 모양이네."

차혁주는 사실이라고 말하고 싶었지만 어떤 말을 들을지 뻔했기에 입을 다물었다. 차혁주를 내려다보던 불곰이 손에 권총을 들고 겨누었다.

"어쨌든 명령 불복종은 총살이다! 저승에 가서 윤 상사나 만나!"

차혁주는 머리 위로 내리쬐는 햇살처럼 겨누어진 권총의 총구를 바라보며 눈을 감았다. 이렇게 끝나는 것도 나쁘지 않다는 생각이 들었다. 그때 천막 안에 있던 무전병이 튀어나와 불곰에게 뭔가를 속삭였다. 손으로 입을 가렸지만 무전병이 불곰에게 전한 한마디는 어렵지 않게 들을 수 있었다.

"육본."

마법의 단어를 들은 불곰은 허둥지둥 천막 안으로 들어갔다. 꿈에도 그리던 육본 발령이 난 것이라 생각한 듯싶었다. 한숨 돌린 차혁주는 자신을 물끄러미 쳐다보던 중대원들을 응시했다. 그리고 그들 뒤에 말없이 서 있는 윤 상사를 보았다. 그가 잘 있으라는 듯 손을 흔들자 차혁주도 가볍게 손을 흔들었다.

구름이 꿈꾸는 바다

 지프가 요란한 소리를 내면서 멈추자 뿌연 먼지가 시야를 가렸다가 훅 날아갔다. 아지랑이가 슬슬 피어오르는 봄의 끝자락이라 그런지 먼지조차 신선한 냄새를 풍겼다. 선글라스를 낀 채 조수석에 앉아 있던 한 중령이 지휘봉으로 운전병의 머리를 가볍게 톡 쳤다.
 "급제동 걸지 말랬지!"
 뒷좌석에 앉아 반쯤 졸고 있던 차혁주는 몽롱한 눈으로 주변을 살펴보았다. 20대 후반이었지만 제대로 면도하지 않아 듬성듬성 난 수염과 검게 탄 피부 탓에 제 나이보다 더 들어 보였다. 약간 처진 눈꼬리와 일자로 곧게 뻗은 우뚝한 코, 얇은 입술 때문인지 군인보다는 나약한 지식인처럼 보였다. 그는 낯선 곳을 이리

저리 둘러보다가 길 끝자락에 있는 읍사무소와 경찰지서를 바라보았다. 회색 콘크리트로 지은 2층짜리 읍사무소 벽에는 총알 자국이 군데군데 나 있었다. 그 옆 경찰지서도 비슷한 모양새였는데, 담벼락 앞에 시신 몇 구가 놓여 있었다. 그 위로 붉은색 글씨로 '빨치산과 통비분자'라고 적힌 깃발이 힘없이 나부꼈다. 천으로 입을 가린 경찰이 분무기로 소독약을 뿌리면서 호시탐탐 접근 기회를 엿보는 개들을 쫓아냈다. 빨치산들이 준동하는 지리산 자락에서 흔히 볼 수 있는 풍경이었다. 차혁주는 눈살을 찌푸리며 시선을 돌리다가 파란색 저고리를 입은 까까머리에 코를 잔뜩 묻힌 사내아이와 눈이 마주쳤다. 그 옆에는 군용 모포로 만든 터무니없이 큰 치마를 입은 계집아이 둘이 있었다. 세 아이가 말없이 바라보자 그는 일부러 시선을 피해 다른 곳을 쳐다보았다. 길가에 난 작은 배수로와 기와집 끝에는 노랗고 빨간 꽃들이 피어 있었다. 그중 낯익은 꽃을 발견한 차혁주는 쓴웃음을 지었다. 먼저 내린 한 중령이 군복에 묻은 먼지를 털며 말했다.

"내리지 않고 뭐 해?"

카빈총과 더플백을 챙겨 지프에서 내린 차혁주는 장교 휘장이 달린, 깡통 모자라고 불리는 군용 모자를 썼다. 지리산 중턱이라 추울지도 모른다고 해서 미군 울 스웨터를 안에 입었는데, 더워서 소용없을 것 같았다. 차혁주는 단추를 풀어 더위를 식히며 중얼거렸다.

"여기가 운해읍입니까?"

"맞아."

"평화로워 보이는군요."

그러자 한 중령이 선글라스를 벗으면서 대답했다.

"올봄까지 빨갱이 치하에 있었던 곳이야. 백야전 사령부의 쥐잡기작전으로 탈환한 곳 중 하나지. 못해도 3분의 1은 죽어나갔을 거야."

"서로가 서로를 죽였겠군요."

차혁주의 시큰둥한 말에 한 중령이 가볍게 웃었다.

"어쨌든 시작은 빨갱이들이 했어."

더플백을 챙기던 차혁주가 한 중령의 말에 대꾸했다.

"아무렴요."

"잠자코 따라와."

차혁주는 더플백을 메고 걸어가면서 주변을 살피다가 고개를 돌렸다. 방금 전까지 그를 바라보던 아이들이 사라지고 보이지 않았다. 차혁주는 콧잔등을 찡그리며 한 중령에게 말했다.

"잠깐만 기다려주십시오."

조금 전까지 아이들이 있던 곳으로 뛰어간 차혁주는 길가 배수로에 피어 있는 꽃들에서 하나를 꺾어서 가져왔다. 그 모습을 보며 한 중령이 혀를 찼다.

"이 와중에 꽃이 눈에 보여?"

"아주 잘 보이던데요."

"죽다 살아나니까 기분이 좋아 보이는군."

"요즘 같은 세상에는 좋은 일 아닙니까?"

한 중령이 고개를 절레절레 저은 뒤 말했다.

"어젯밤 네가 있던 대대가 202고지를 공격하러 갔다가 전멸되었다."

"얼마나 깨졌는데요?"

"대대장 포함해서 전사자와 실종자가 300명이 넘어. 너도 거기 있었으면 아마 무사하지 못했을 거야."

한 중령의 말을 들은 차혁주는 씁쓸한 표정으로 중얼거렸다.

"결국 백곰은 육본에 못 오는군요."

"묘한 놈이란 말이야. 아무튼 따라와."

한 중령이 차혁주를 데리고 간 곳은 읍사무소 건너편에 있는 2층 목조 주택이었다.

"적산가옥(敵産家屋)*이네요."

"주정공장을 소유하고 있던 일본인이 살던 곳이야."

"주정공장이요?"

"왜정 때 이 근처가 고구마밭 천지였거든. 그래서 그걸 알코올

---

* 광복 후 일반인에게 불하한 일본인들의 주택을 가리킨다.

로 만드는 주정공장이 들어섰지. 지리산 골짜기에 있는 여기가 면 소재지가 된 것도 그 공장들 때문이야."

"지금은요?"

"빨갱이들이 퇴각하면서 우익 인사 수십 명을 총살하고 불을 지르면서 버려졌어. 아랫골 너머에 있는데, 지금도 비만 오면 귀신들이 운다고 해서 사람들이 가까이 가지 않아."

문을 열고 안으로 들어가자 당꼬바지와 저고리 차림의 사내들이 있었다. 한 중령이 그들을 보면서 말했다.

"지금은 민보단 사무실로 쓰고 있지."

한 중령이 얼쩡거리는 그들에게 말했다.

"이쪽은 새로 온 지휘관 차혁주 중위다. 김삼복은 어디 갔나?"

"외곽 진지 순찰 나갔습니다."

그들 중 한 명이 대답하자 한 중령이 말했다.

"돌아오는 대로 2층으로 올라오라고 해."

"알겠습니다."

한 중령과 차혁주는 삐걱거리는 나무 계단을 밟고 2층으로 올라갔다. 계단 좌우로 길게 뻗은 복도를 따라 방들이 있었다. 한쪽은 미닫이문과 다다미가 깔려 있는 일본식 방이었고, 다른 한쪽은 책상과 침대가 있는 서양식 방이었다. 서양식 방으로 들어간 한 중령이 침대에 걸터앉은 채 차혁주에게 화랑 담배를 권했다. 차혁주는 더플백을 구석에 던져놓은 뒤 일단 창가로 가서 창문을 올렸다. 그러고는 창틀 구석에 길가 배수로에서 꺾은 붉은 꽃을 살짝 꽂아두었다. 전방에서 보았던 시체꽃을 여기서 볼 줄은 몰랐다. 차혁주는 의자를 당겨 앉은 뒤 담배를 건네받았다.

"여긴 완전 서양식이네요."

"맞은편은 다다미고 여긴 침대방인 걸 보면 취향이 독특했던 모양이야."

"전화기도 있네요?"

책상 구석에 놓인 검정색 전화기 옆에 작은 핸들이 달려 있었다.

"이런 자석식 전화기는 읍내에 스무 대도 없을 거야. 필요하면 여기로 전화할 테니까 너도 무슨 일 있으면 바로 전화해."

"알겠습니다. 중령님."

성냥을 찾는 차혁주에게 한 중령이 지포 라이터를 건네며 덧붙였다.

"여기서 쥐 죽은 듯이 지내고 있으면 육본에 자리가 나는 대로 넣어줄게."

"신경써주셔서 고맙습니다."

담배에 불을 붙이던 한 중령이 그 말을 듣고 피식 웃었다.

"고마우면 사고 좀 치지 마."

"노력해보겠습니다.

차혁주는 담배를 깊게 빨아들였다.

"여긴 잘 아시는 곳입니까?"

"고향은 아니고 아버지가 읍장을 하셔서 소학교 때 여기서 지냈어. 지금도 이 근처에 땅을 좀 갖고 있지."

"여긴 어떤 곳입니까?"

한 중령이 담배 연기를 훅 내뱉으며 말했다.

"평범했던 곳이지. 산골치고는 먹고살 만했던 곳이기도 하고 말이야. 그러다가 광복되고 이념이 좌우로 나뉘면서 지옥이 되어 버렸지."

"빨갱이들이랑 우리 쪽에서 번갈아가면서 사람들을 죽였겠군요."

"마치 유령들끼리 전쟁을 하는 것 같지."

"유령들이요?"

"보이지도 않는 것 때문에 서로 죽고 죽이고 있잖아. 길가에 완장 차고 다니는 놈들 중에 자유민주주의가 뭐고, 공산주의가 뭔지 설명할 수 있는 사람이 몇이나 될 것 같아?"

"그건 우리도 마찬가지 아닙니까?"

"적어도 우린 적을 구분할 수는 있잖아. 여긴 그런 게 없어. 서로 이념이 다르다고 죽이는데 막상 그게 뭔지 모르지. 마치 유령처럼 말이야."

냉소적인 말을 쏟아낸 한 중령이 남은 담배를 피우는 동안 차혁주는 일어나서 창밖을 내다보았다. 총탄과 포탄이 빗발치는 전방과는 달리 겉으로는 평화로웠지만 긴장감이 감도는 것을 충분히 느낄 수 있었다. 그때 낡은 양복 차림의 사내가 눈에 들어왔다. 주변을 두리번거리던 그는 한쪽 다리가 불편한지 지팡이를 짚고 있었다. 사내는 큰길 끝자락에 있는 낡은 상점으로 들어갔다. 지붕에 위태롭게 매달려 있는 간판은 페인트가 군데군데 벗겨져 겨우 읽을 수 있었다.

'대운서점?'

의외의 장소에 서점이 있다는 생각에 빠져 있는데 삐걱거리는 나무 계단 소리가 들렸다. 한 중령이 담배를 비벼 끄면서 말했다.

"귀신도 제 말 하면 온다더니."

문이 열리고 나타난 이는 한 사람이 아니라 세 사람이었다. 그들을 본 한 중령이 침대에서 일어났다.

"어이구, 운해읍의 실세들이 다 오셨군요."

창밖을 바라보던 차혁주는 고개를 돌려 그들을 쳐다보았다. 가장 앞에 있는 우락부락한 얼굴의 30대 남자는 제법 덩치가 커 보였다. 어릴 때 천연두를 앓았는지 코와 입 부분이 심하게 얽어 있었다. 미군 스웨터에 계급장을 뗀 미군 야상을 걸치고 있었고 어깨에는 카빈총을 메고 있었다. 신발도 국군이 신는 훈련화로 모자랐는지 미군 가죽 군화의 발목을 잘라 만든 각반까지 차고 있었다. 그의 오른쪽 뒤편에는 깡마른 노인이 서 있었다. 통이 넓은 한복 바지와 광목으로 만든 와이셔츠를 입고 있었는데 주머니에는 선글라스가 꽂혀 있었다. 한 손에는 꽤 고급스러워 보이는 담배 파이프를 쥐고 있었다. 나이가 들고 깡마르기는 했지만 눈빛은 세 사람 중 가장 날카로웠다. 그 옆에 서 있는 40대 남자의 신분은 명확했다. 하늘색 제복 차림의 경찰이었기 때문이다. 땅딸막한 키에 교활해 보이는 눈빛은 일제시대 고등계 형사를 연상하게 하여 몹시 불편했다. 제일 앞에 카빈총을 메고 있던 사내가 한 중령을 향해 활짝 웃었다.

"지프소리가 나서 와봤는데, 얘기도 없이 언제 오셨습니까?"

"급하게 오느라 전화를 못 했네. 민보단을 지휘할 장교를 데리고 오느라고 말이야."

방 안에 있는 사람들의 시선이 자연스럽게 차혁주에게 모이자 그는 가볍게 헛기침했다. 한 중령이 차혁주의 어깨에 팔을 올린 채 말했다.

"전선에서 빼내느라 고생이 좀 많았습니다. 동부전선에서 소대장으로 있던 친구입니다."

카빈총을 멘 사내가 앞으로 오더니 경례했다.

"먼 길 오시느라 고생 많으셨습니다. 서북청년단 운해지부장 장상천입니다."

소속을 듣고 나서야 그가 군인이나 경찰도 아니면서 군복 비스름하게 차려입고 무장까지 한 이유를 알아차렸다. 저도 모르게 눈살을 찌푸린 차혁주를 본 한 중령이 끼어들었다.

"저분은 운해읍을 책임지는 지서장 이운창 경위일세."

소개받은 이운창이 한 손을 허리춤의 권총집에 가져다댄 채 손을 내밀었다. 굳은 표정으로 악수한 이운창이 입을 열었다.

"우리 함께 운해읍을 잘 지킵시다."

마지막으로 남은 노인은 두 사람을 제치고 앞으로 나왔다. 담배 파이프를 허리춤에 꽂은 노인이 손을 내밀었다.

"운해읍 지주위원회 위원장을 맡고 있는 김석충일세. 자네가 와줘서 든든하구먼."

입을 열 때마다 은단냄새가 풍겼다. 세 사람의 소개가 끝나자 장상천이 호들갑을 떨면서 말했다.

"여기서 이럴 게 아니라 은하수다방에 가서 차라도 한잔 하면서 얘기 나누시죠."

그의 제안에 한 중령이 손사래를 쳤다.

"오늘중으로 육군 본부로 복귀해야 해서 말일세. 커피는 다음에 하세."

"거, 예쁘장한 새끼 마담도 하나 왔는데 말입니다."

"미안하네. 자네는 잠깐 따라오게."

한 중령의 말에 차혁주가 세 사람에게 가볍게 고개를 숙이고는 그 사이를 지나갔다. 그때 휘파람소리가 들렸다. 고개를 돌리자 방금 전까지 그가 앉아 있던 의자 앞에 선 장상천이 기묘한 표정을 짓고 있었다.

"거, 소문을 듣자 하니 우리 중위님께서 귀신을 볼 줄 안다고 하던데요."

그의 말을 들은 이운창과 김석충의 표정으로 보았을 때 세 사람 모두 그 사실을 알고 있는 듯했다. 차혁주가 아무 대꾸도 하지 않자 장상천은 그가 앉았던 의자에 앉아 다리를 꼬았다.

"안 그래도 우리 마을이 죽은 사람들이 많아서 귀신 보는 눈깔을 가진 분을 보냈나 했습니다."

장상천의 말에 김석충과 이운창이 껄껄거리고 웃었다. 차혁주는 그들을 보며 가볍게 한숨을 내쉬고 입을 열었다.

"아까 오면서도 봤습니다."

"어련하시겠습니까."

장상천의 비아냥에 차혁주는 담담하게 말했다.

"사내아이 하나랑 여자아이 둘이었죠. 사내아이는 파란색 저고리를 입었고, 여자아이들은 구멍이 숭숭 뚫린 군용 모포로 만든 치마를 두르고 있던데요."

차혁주의 말에 껄껄거리던 세 사람의 표정이 순간 굳어졌다. 차혁주는 그들에게 가볍게 목례한 뒤 문을 열고 밖으로 나갔다. 계단에서 기다리고 있던 한 중령이 그 모습을 보고 고개를 절레절레 저었다. 밖으로 나온 한 중령이 지프가 있는 곳으로 가면서 뒤따라온 차혁주에게 말했다.

"저 세 사람은 운해읍을 실질적으로 장악하고 있는 자들이야. 그러니 조심하게."

"대한민국은 이승만 대통령 각하가 지배하고 있는 것 아닙니까?"

"여긴 낮에는 대한민국이었고, 밤에는 조선민주주의인민공화국이었던 시절이 꽤 길었어. 지금도 빨치산과 누가 내통하고 있는지도 모르는 판국이고 말이야."

"한 명은 지서장이고, 또 한 명은 서청 지부장이니까 그렇다쳐도 김석충이라는 노인네는 무슨 힘이 있는 겁니까?"

"엄청난 부자야. 운해읍에서는 그 사람 땅을 밟지 않고 다닐 수 없을 정도로 땅이 많아. 구례군은 물론이고 전남에도 꽤 많은 땅을 갖고 있고 말이야. 저기, 저 읍사무소 보이지."

한 중령이 길 끝에 있는 2층짜리 읍사무소 건물을 바라보며 말했다.

"올봄 빨갱이들이 여기서 퇴각하면서 읍사무소와 마을 대부분을 남겨놨어."

"왜 안 태워버린 겁니까?"

"그들 말로는 다시 돌아올 거니까 그때 쓰려고 남겨놨다고 하더군. 하지만 저 세 사람이 운해읍에 불을 지르면 입산자 가족들을 죄 죽여버린다고 엄포를 놓는 바람에 그냥 퇴각했다는 거야."

"빨갱이들이 간이 약하네요. 그런 협박에 넘어가다니."

차혁주가 심드렁하게 말하자 한 중령이 걸음을 멈추고 말했다.

"협박이 아니었어. 입산자들 자식 몇 명이 사라졌고, 마을 밖에서 변사체로 발견되었지."

"맙소사."

차혁주는 고개를 떨구며 중얼거렸다. 운해읍에 도착하면서 본 아이들의 유령이 왜 나타났는지 알게 된 것이다.

"자네 전임자가 전출된 것도 저 세 사람 때문이야."

"저자들이 손을 쓴 겁니까?"

고개를 끄덕거린 한 중령이 운전병에게 시동을 걸라는 명령을 내리고는 대답했다.

"장상천과 서북청년단을 군대에 보내려고 징집했거든. 저 세 사람은 똘똘 뭉친 상태니까 한 사람이라도 건드리면 세 사람을 다 상대하게 되어야 한다는 점 잊지 말게."

"명심하겠습니다."

"참, 여긴 성냥도 귀한 곳이니까 담배 피울 때 이걸 쓰게."

한 중령이 지포 라이터를 건네주자 차혁주가 씩 웃었다.

"고맙습니다. 중령님."

"이런 곳이어서 자네를 불러들일 수 있었던 걸세. 조만간 연락할 테니 잘 지내게."

한 중령은 차혁주의 어깨를 토닥거리고 지프에 올라탔다. 운전병이 출발하려는 찰나 차혁주가 한 중령에게 물었다.

"길 건너편에 있던 서점은 뭡니까?"

"뭐라고?"

선글라스를 쓰던 한 중령은 엔진소리 때문에 잘 안 들린다는 손짓을 했다. 차혁주가 귓가에 대고 소리쳤다.

"아까 보니까 서점이 하나 있던데 누구 겁니까?"

"대운서점? 오정운이라는 사람 거였어."

"이런 곳에 서점이 있어서 좀 놀랐습니다."

"그 사람 때문이야. 많이 괴짜거든."

차혁주는 대운서점으로 들어가던 양복 차림의 사내가 오정운인 것 같다는 생각이 얼핏 들어 더 물어보려고 했지만 한 중령이 먼저 입을 열었다.

"몇 달 만이라도 조용히 지내. 그럼 육본에 자리를 마련해볼게."

"육본에 가려고 다들 난리도 아닌데 제가 들어갈 자리가 있겠습니까?"

"거긴 또다른 전쟁터거든. 지금 대통령이랑 육참총장이랑 사이가 아주 나빠."

"이종찬 장군님이요?"

이야기가 민감한 방향으로 흐르자 운전병이 잽싸게 말했다.

"담배 한 대 피우고 오겠습니다."

한 중령은 문을 열고 내린 운전병이 등을 돌리고 담배를 피우는 모습을 보며 선글라스를 벗었다.

"이승만 대통령이 연임을 반대하는 국회를 박살내기 위해 군대를 동원하려고 했는데 이종찬 장군이 결사반대했거든. 훈령 217호도 그걸 겨냥해서 지시한 거라는 소문이 파다해."

"대단하네요. 대통령이 가만 안 있겠는데요."

"결국 원용덕 장군을 시켜 헌병을 동원하긴 했는데 소문에는 참모차장인 유재흥 장군을 불러서 처리하라고 지시했다는군."

어떻게 처리하는 것이냐고 물으려던 차혁주는 한 중령이 손으로 목을 긋는 시늉을 하자 입을 다물었다.

"조만간 사임하시겠군요."

"미국으로 유학을 간다더군. 아무튼 윗사람이 바뀌면 들고 나는 사람이 많아서 자리가 좀 생길 거야. 그러니까 얌전히 지내."

"명심하겠습니다."

차혁주의 말에 한 중령이 피식 웃으며 선글라스를 도로 썼다.

"여기서 사고 치면 나도 더이상 챙겨주지 못하니까. 운전병! 출발해."

운전병이 담배꽁초를 버리고 잽싸게 운전석에 올라탔다. 그리고 바짝 긴장한 표정으로 지프를 출발시켰다. 그러자 주변에서 놀고 있던 아이들이 소리를 지르며 지프 뒤를 따라갔다. 한 중령을 태운 지프가 시야에서 완전히 사라지고 나서야 차혁주는 크게 한숨을 내쉬었다.

도착한 첫날 죽은 영혼을 보았다는 것은 대단히 불길한 징조였다. 죽은 자들은 늘 산 사람에게 하소연하고 싶어했고 그런 이야기를 듣는 일은 매우 고역스러웠다. 일단 죽은 사람을 볼 수 있고 이야기를 나눌 수 있다는 사실을 알게 되면 대다수 사람은 미친 사람 취급을 했다. 게다가 죽은 사람들도 하고 싶은 이야기를 명확하게 들려주지 않거나 윤 상사처럼 엄청나게 고집을 부려 피곤하게 만들었다. 용한 무당으로 소문난 어머니였다면 충분히 알아들었을 것이다. 하지만 핏줄만 이어받은 그로서는 할 수 있는 것이 별로 없었다. 다만 그들이 찾아오는 것은 자신에게 할 이야기가 있다는 뜻이었고 그것이 살아 있는 사람들을 불편하게 만들 수도 있다는 것은 확실했다. 이런저런 생각을 하며 우두커니 서 있던 차혁주는 본부로 돌아갔다.

바람처럼 쳐들어왔던 김석충과 이운창, 장상천은 사라지고 없었다. 탁자 위 재떨이에 담배꽁초만 남아 있었다. 차혁주는 카빈총을 침대에 걸쳐놓고 길게 한숨을 내쉬었다. 움직여야 했지만 오늘 만난 사람들과 유령들에 대해 생각하느라 아무것도 할 수 없었다. 그렇게 우두커니 앉아 시간을 보내다가 창밖으로 해가 뉘엿뉘엿 떨어지는 것을 보고 나서야 움직였다. 차혁주는 의자 옆에 내려놓은 더플백을 풀려다가 문을 두드리는 소리에 고개를 돌렸다.
"누구십니까?"
"민보단 단장 김삼복입니다."

"들어오게."

문을 열고 들어선 이는 광목으로 만든 낡은 국군 전투복을 외투처럼 걸친 사내였다. 팔뚝 위쪽에 새겨진 계급장은 페인트 같은 것으로 지운 듯이 얼룩져 있었다. 20대 중후반으로 차혁주 또래로 보이는 그는 입술이 약간 비뚤어진 것 빼고는 시골에서 흔히 마주칠 수 있는 전형적인 농부 모습이었다. 그가 발끝을 모으고 어설프게 경례를 붙였다.

"아까는 외곽 순찰중이라서 못 뵈었습니다. 여기 민보단 명단과 서류를 갖고 왔습니다."

김삼복이 옆구리에 끼고 온 서류철을 건넸다. 차혁주는 의자에 앉아 서류철을 펼치고 깨알같이 적힌 글씨를 읽었다. 차혁주는 가장 중요한 인원과 무기 현황을 살펴보고 자신도 모르게 눈살을 찌푸렸다.

"총인원이 46명인데, 99식 소총만 13자루에 수류탄이 6개뿐이군."

질문을 받은 김삼복이 가라앉은 목소리로 대답했다.

"무기를 확보하려고 노력해봤지만 돈도 없고 백도 없어서 말입니다. 게다가 기껏 구한 무기는 서북청년단 쪽에 먼저 지급됩니다."

"그럼 민보단의 주요 임무는 뭔가?"

"운해읍의 외곽 진지와 거리를 순찰하고 유사시에 경찰과 서북청년단을 지원하는 겁니다."

"단원들은 모두 마을 청년들인가?"

"네, 대부분 저처럼 토박이고 경찰이었다가 부상당하고 퇴직한 이도 몇 있습니다."

"민보단에 들어가면 군대를 가지 않나?"

차혁주의 다소 신경질적인 질문에 김삼복이 대답 대신 입고 있던 전투복을 걷어올렸다. 옆구리에서부터 배꼽 있는 곳까지 쭉 그어진 흉터들이 드러났다.

"48년도 송악산에서 다친 겁니다. 빨갱이들이 쏜 포탄이 참호에 떨어졌는데 저만 살아남았죠. 민보단원들은 독자이거나 몸이 안 좋아서 면제된 인원과 저처럼 군대와 경찰에서 부상당한 인원들로 구성되어 있습니다."

"그렇군. 미안하네."

"아닙니다. 하도 질문을 많이 받아서 기분 나쁘고 자시고 할 것도 없어요. 이게 다 망할 놈의 전쟁 탓이죠."

차혁주는 쓸쓸해하는 김삼복의 표정에서 전쟁의 짙은 그림자를 느꼈다. 차혁주는 서류철을 덮으며 말했다.

"오늘은 서류를 좀 보겠네. 내일 아침 8시에 민보단원들을 집합해주게. 그리고 외곽 진지를 살펴보고 싶은데 말이야."

"제가 안내해드리겠습니다."

"알겠네."

"편히 쉬십시오. 내일 뵙겠습니다."

경례를 붙이고 돌아선 김삼복이 문을 닫고 나가자 차혁주는 몸을 일으켜 창가로 향했다. 창틀의 시체꽃이 바람에 흔들렸다. 해가 떨어지며 어둠이 깔릴 기미가 보이자 거리의 사람들은 발걸음을 재촉했다. 대운서점의 불은 여전히 켜지지 않았다. 차혁주의 궁금증은 커져만 갔다.

개울가에서 신나게 흙장난을 치던 계집아이는 문득 혼자라는 사실을 깨달았다. 옆집 동구랑 아랫골 세진이는 물론 커서 자기를 각시로 삼겠다며 내내 붙어다니던 약국집 아들 환구도 보이지 않았다. 손에 묻은 흙을 탈탈 털고 일어나 주변을 돌아보았지만 진짜 아무도 없었다. 무슨 일이 있어도 해가 떨어지기 전에 집으로 돌아와야 한다는 어머니의 불호령이 떠올라 흙이 묻은 손을 서둘러 치마에 닦았다. 그러고는 집이 있는 방향으로 발걸음을 옮기려다가 이내 멈추고 말았다. 조금 전까지 보이지 않던 누군가가 갈대밭에서 나타났기 때문이다. 구멍이 숭숭 뚫린 빵모자를 푹 눌러쓰고 한 손에 플래시를 든 그가 계집아이에게 말을 건넸다.

"너, 동구골에 사는 효숙이 맞지?"

"네."

"못 본 사이에 많이 컸구나. 곧 해가 떨어지는데 밖에 있으면 어떡해?"

"자, 잘못했어요."

효숙이가 훌쩍거리자 사내는 사람 좋은 웃음을 지었다. 한쪽 다리가 불편한지 절룩거렸지만 팔다리를 다친 사람이 한둘이 아니라서 딱히 이상해 보이지는 않았다.

"울기는, 걱정이 돼서 그런 거야. 요즘 숲에 아이들만 잡아먹는다는 괴물이 돌아다닌다는 얘기 못 들었어?"

"드, 들었어요."

"거기다 빨갱이들도 돌아다니잖아. 얼른 집에 가자. 데려다줄게."

"진짜요?"

효숙이의 반문에 사내는 누런 이를 드러내며 씩 웃었다.

"그럼, 아저씨랑 같이 가자."

"네."

효숙이가 깡총거리며 뛰어오자 사내는 방금 나온 갈대밭을 가리켰다.

"저쪽이 마을로 가는 지름길이니까 저기로 가자."

순간 효숙이는 움찔했다. 사내가 가리킨 갈대밭은 괴물이 나오니 가지 말라고 어른들이 신신당부하던 곳이었기 때문이다. 그런 효숙이에게 사내가 플래시를 바닥에 내려놓고 뭔가를 내밀었다. 바스락거리는 비닐에 싸인 것을 본 효숙이의 눈이 번쩍 뜨였다.

"사탕이에요?"

"그럼, 설탕보다 더 달콤한 사카린으로 만든 거란다. 이거 줄 테니까 얼른 가자."

고민하던 효숙이는 눈앞에 보이는 달콤한 사탕의 유혹을 뿌리치지 못했다. 고개를 끄덕이는 효숙이에게 사탕을 건넨 사내가 말했다.

"앞장서서 가면 뒤따라갈게."

사탕을 받아서 신이 난 효숙이가 숲을 향해 달려갔다. 그 모습을 물끄러미 지켜보던 사내는 송곳니를 드러내며 웃었다. 그러고는 허리 뒤춤에 꽂은 칼을 슬쩍 만졌다.

다음날 아침 군복을 차려입고 카빈총을 어깨에 멘 차혁주는 사무실 앞에 집결한 민보단원들과 대면했다. 앞줄에 선 민보단원만 일본군이 쓰던 99식 소총을 메고 있었고 뒷줄은 죽창과 몽둥이를 들고 있었다. 복장도 제각각이었다. 대부분이 바지저고리 차림이었고 몇 명이 검게 염색한 미군이나 국군 전투복을 걸치고 있었다. 예상은 했지만 생각보다 심각한 상태에 기가 막힌 차혁주는 대충 몇 마디를 하고 민보단원들을 해산했다. 그러고는 옆에 서 있던 김삼복에게 말했다.

"외곽 진지를 좀 둘러보지."

"이쪽으로 오십쇼."

차혁주는 김삼복을 따라 읍사무소 쪽으로 향했다. 나란히 붙어 있는 읍사무소와 경찰지서 출입문 옆에 가마니로 쌓은 진지가 보였다. 제복 차림의 경찰이 캘리버30 기관총을 거치한 채 지키고 서 있었다. 그 모습을 본 차혁주가 김삼복에게 말했다.

"저긴 기관총이 필요 없는데?"

"그냥 보여주기식이죠. 차라리 우리나 주면 좋은데, 그럴 생각도 안 하고 있습니다."

읍사무소 뒷산으로 올라가자 숲속에 철조망이 둘러쳐져 있었다. 산 중턱을 따라 통나무와 가마니로 쌓은 진지들이 있었고 꼭대기에는 첨성대처럼 생긴 탑이 두 개 있었다. 김삼복이 손을 머리 위로 들어 햇빛을 가리며 그쪽을 바라보았다.

"저 두 개가 빨갱이들을 막는 가장 중요한 외곽 초소입니다. 이 뒷산을 넘어오면 바로 읍사무소가 지척이거든요."

"돌로 쌓은 건가?"

"돌이랑 시멘트를 가져다 썼습니다. 위쪽에 작은 창을 내고 기관총을 거치하고 조명탄도 가져다놨죠."

"다른 지역은?"

"아랫골 쪽으로도 빨갱이들이 종종 나타나지만 개울을 건너야 하는데다 산에서 빙 돌아와야 해서 잘 오지 않습니다."

"여기 상황은 어떤가?"

"작년 여름까지만 해도 밤마다 나타나서 식량을 공출하고 사람들을 수시로 잡아갔습니다. 그러다 작년 겨울이랑 올해 초 대토벌작전 때 기세가 많이 꺾여 지금은 좀 조용합니다. 하지만 이현상이 이끄는 남부군과 함께 구례 일대를 노린다는 소문이 있어서 다들 신경을 곤두세우고 있죠."

"이 지역 빨치산 중에도 여기 쪽 입산자들이 많은가?"

차혁주의 질문에 김삼복이 무겁게 고개를 끄덕였다.

"전쟁 전에 입산한 구빨치가 좀 있고, 대부분은 전쟁 때 올라간 신빨치들입니다. 빨갱이들이 기세등등하니까 세상이 바뀐 줄 알고 날뛰었다가 국군이 올라오니까 허겁지겁 입산한 거죠."

"자네가 아는 사람도 입산했나?"

차혁주의 물음에 김삼복이 힘없이 대답했다.

"불알친구가 제 어머니를 죽이고 입산했습니다. 담장 하나 사이에 두고 살아서 진짜 집에 숟가락이 몇 개인지 다 알고 있었는데 말이죠."

어제까지의 친구나 동료가 갑자기 돌변해 이념이 다르다는 이유로 총부리를 들이대는 일은 흔하디흔했다. 하지만 그것이 내일이라면 이야기가 달라졌다. 사람 좋아 보이는 김삼복에게도 아픔이 있다는 사실에 차혁주는 할말을 잃었다.

첨성대처럼 생긴 전초기지는 경찰과 서북청년단이 함께 지키고 있었다. 경찰은 탑 안에서 기관총을 갖고 있었고 서북청년단은 주변의 참호를 지켰다. 참호 주변은 철조망이 겹겹이 둘러쳐져 있었다. 탑 표면에는 빨치산들이 쏜 것으로 보이는 총탄 자국이 있었다. 차혁주는 탑을 지키는 경찰관과 몇 마디 이야기를 나누었다. 무장이 빈약한 민보단을 경찰과 서북청년단 모두 무시하는 눈치가 역력했다. 차혁주는 외곽 진지와 참호를 살펴보면서 필요한 것들을 머리에 정리했다.

김삼복의 안내를 받아 방어시설을 둘러보고 운해읍으로 돌아온 차혁주는 분위기가 심상치 않음을 깨달았다. 웅성거리는 사람들 사이로 격앙된 고함소리가 터져나왔다.
"무슨 일이지?"
김삼복도 영문을 모르는 표정이었다.
"잠깐 가보고 오겠습니다."
차혁주는 김삼복을 눈으로 좇다가 누군가 자신을 쳐다보고 있다는 느낌에 고개를 홱 돌렸다. 반쯤 열린 대운서점의 문이 닫히는 것이 보였다. 서점의 불은 여전히 꺼져 있었다. 그쪽을 바라보는데 김삼복이 헐레벌떡 돌아왔다.
"일이 벌어졌습니다."
"무슨 일?"
"동구골에 사는 효숙이라는 아이가 죽었답니다."
"빨치산 소행인가?"
그의 물음에 김삼복은 우물쭈물하면서 대답하지 못했다. 뭔가 말 못 할 사정이 있음을 간파하고 차혁주가 말했다.

"현장으로 가지."

시신이 있는 현장은 산기슭의 밭고랑 사이였다. 시신은 말 그대로 조각조각 토막난 채 밭고랑 여기저기 흩어져 있었다. 차혁주는 김삼복과 함께 사람들을 헤치고 나가서 본 현장의 처참한 광경에 입을 다물지 못했다. 잘린 머리는 밭고랑을 베개 삼아 놓여 있었고 피에 젖은 팔다리는 밭고랑 사이에 던져져 있었다. 전장터에서 온갖 처참한 주검들을 보았던 차혁주조차 순간적으로 눈살을 찌푸릴 정도였다. 소식을 듣고 몰려온 사람들 중에는 구토하거나 기절하는 이도 있었다. 시신이 널려 있는 밭고랑 사이로 카빈총을 멘 경찰들이 오갔지만 특별히 현장을 조사하는 것 같지는 않았다.

"어떤 미친놈이 이런 짓을……."

차혁주가 말을 채 끝맺지 못하자 김삼복이 나지막이 속삭였다.

"처음이 아닙니다."

"그럼?"

"올해 초부터 몇 번 연달아 일어났습니다."

"그런데도 아무도 손을 쓰지 않았다고?"

"전쟁 통이니까요."

체념한 듯한 김삼복의 말에 차혁주는 분노를 느꼈다. 아랫입술을 지그시 깨문 그의 눈에 부하들에게 둘러싸인 채 담배를 피우며 웃고 있는 지서장 이운창이 보였다. 차혁주가 다가가자 이운창이 피식 웃었다.

"여긴 어쩐 일이십니까?"

"마을 사람이 죽었다고 해서 왔는데, 지서장께서 너무 한가해 보여서 말입니다."

"전방도 그렇지만 여기도 사람 죽는 게 하루이틀 일이 아니라서 말입니다."

"조사는 어떻게 진행되고 있습니까?"

"당연히 빨갱이 소행이죠."

심드렁하게 대꾸하는 이운창의 말에 주변의 경찰들이 맞장구 쳤다.

"조사도 하지 않고 어떻게 확신합니까."

발끈하는 차혁주를 향해 이운창이 담배 연기를 내뿜으며 노려 보았다.

"중위님은 그냥 민보단이나 잘 살피시면 됩니다."

"경찰이 일을 제대로 하면 저도 그러죠."

차혁주의 말에 이운창이 담배를 내던지며 말했다.

"지금 여기가 촌 동네라고 무시하시는 겁니까? 사람들이 죽는 게 하루이틀 일도 아닌데, 그때마다 출동합니까? 지금 빨갱이들이 운해읍을 호시탐탐 노리는 중이외다."

이운창은 어금니를 지그시 물고 있는 차혁주의 얼굴에 담배 연기를 내뿜으며 비아냥거렸다.

"여긴 전방이 아니라 운해읍이오. 편하게 지내려면 각자 맡은 일만 하고 서로 건드리지 않는 게 최선이라 이 말이지. 오늘 일은 정식 보고 계통을 거쳐 엄중하게 항의할 겁니다. 앞으로 주의해 주시기 바랍니다."

이운창이 냉소적으로 말하고 돌아서자 부하 경찰들도 자리를 떴다. 경찰들이 사라진 곳에는 뒤늦게 달려온 죽은 계집아이의 어머니가 구슬프게 우는 소리만 울려퍼졌다. 멀리서 지켜보며 혀를 차던 마을 사람들도 하나둘씩 자리를 떠났다. 남은 경찰 몇 명이 수레를 끌고 와 토막난 시신을 조심스럽게 수습했다. 답답한 심경으로 그 모습을 지켜보던 차혁주는 어디선가 느껴지는 싸늘한 기운에 고개를 돌렸다. 산자락 갈대밭 앞에 계집아이가 서 있는 모습이 보였다. 죽은 효숙인 것 같았다. 정신없이 가느라 밭고랑에 발이 걸려 넘어졌지만 일어나 다시 그쪽으로 향했다. 차혁주는 효숙이 앞으로 다가가서 미친 듯이 물었다.

"말해봐! 누가 널 죽였니?"

효숙은 처연한 표정을 지은 채 아무 대답 없이 돌아서서 갈대밭만 응시했다. 답답한 차혁주는 효숙의 어깨를 손으로 잡아보려 했지만 이내 사라지고 말았다. 주변을 두리번거리는데 발밑에서 바스락거리는 소리가 들렸다. 고개를 숙여 바라보자 비닐조각이 눈에 띄었다. 손으로 집어 확인해보니 투명한 비닐이 구겨져 있었다. 크기로 보아 사탕 비닐 같았다.

'이게 왜 여기 있는 거지?'

차혁주는 비닐조각을 들고 이리저리 살펴보다가 바람에 휘는 갈대 하나에 이상한 뭔가가 매달려 있는 것을 보았다. 쪼개진 갈대 끝에 걸린 기다란 실이 바람에 나풀거리고 있었다. 손가락으로 조심스럽게 뜯어내 살펴보자 실이 붉은색으로 물들어 있었다. 순간 피가 아닌가 싶었지만 자세히 보니 염색실이었다. 진짜 피는 붉은색 실이 매달려 있던 갈대 근처에 떨어져 있었다. 갈대 아래쪽에 검붉은 피가 묻어 있었다. 핏자국을 따라 안쪽으로 들어가자 갈대들이 쓰러져 있는 공간이 나왔다. 그곳에는 효숙이 신었던 것으로 보이는 피 묻은 신발이 나뒹굴고 있었다. 차혁주는 한쪽 무릎을 꿇고 신발에 묻은 피를 손가락으로 만져본 뒤 중얼거렸다.

"아직 말라붙지 않은 걸 보면 얼마 안 지난 것 같은데."

범인은 효숙을 갈대밭으로 유인해 잔인하게 죽인 다음 밖으로 끌고 나와 일부러 눈에 띄는 곳에 시신을 널브러뜨렸다. 범행을 숨길 의도가 전혀 없었던 점을 보면 자신의 잔인함을 과시하는 것을 즐기는 듯했다. 단서가 될 만한 것을 찾아보려 현장을 살펴보았지만 아무것도 없었다. 이러다가는 범인도 밝히지 못한 채 그냥 흐지부지 사건이 종결될 것 같았다. 죽은 효숙이 나타날 만했다. 차혁주는 이마에 흐르는 땀을 손등으로 훔쳐내다가 갈대밭 사이의 땅에 찍힌 흔적을 보았다. 동그란 홈 같은 것이 파여 있었는데, 크기나 모양으로 보아 동물의 발자국은 아닌 듯했다.

'대체 뭐지?'

자세히 살펴보려는데, 뒤쪽에서 바스락거리는 소리가 들렸다. 차혁주는 무심코 돌아서면서 말했다.

"여기가 범행 현장인가보군."

하지만 눈앞에 서 있는 사람은 김삼복이 아니라 낯선 인물이었다. 짙은 국군 전투복 상의에 옅은 색의 인민군 바지를 입었고 머리에는 빨치산들이 즐겨 쓰는 팔각형 빵모자를 쓰고 있었다. 덥수룩한 수염으로 뒤덮인 얼굴은 넓적한 편이었고 평퍼짐한 코에 툭 튀어나온 광대뼈는 인상을 무척 사납게 보이게 했다. 손에는 M1 개런드를 들고 있었고 허리띠에는 미제 수류탄이 꽂혀 있었다. 차혁주는 그제야 상대방이 군인이나 경찰이 아닐 수도 있다는 생각에 화들짝 놀라 황급히 메고 있던 카빈총을 겨누었다.

"누, 누구냐!"

그러자 상대방은 M1 개런드의 총구를 아래로 내리면서 굵직한 목소리로 대답했다.

"구례경찰서 소속 사찰유격대 대장 나동혁이라고 합니다."

"사, 사찰유격대?"

나동혁은 어리둥절해하는 차혁주를 보고 씩 웃으며 M1 개런드를 어깨에 메면서 말했다. 소총 총구에 뭔가 매달려 있었다.

"운해읍에 새로 온 민보단 지휘관이십니까?"

가까스로 정신을 차린 차혁주가 희미하게 웃으면서 대답했다.

"차혁주 중위요."

피로 얼룩진 갈대밭을 쓱 살펴본 나동혁이 주변을 돌아보면서 말했다.

"그럼 수고하십시오."

나동혁은 갈대밭 사이로 사라졌다. 그가 어깨에 멘 소총 총구에는 나무십자가 같은 것이 매달려 있었는데, 모양이 좀 특이했다. 그가 사라지자 비슷한 차림에 무장을 한 사찰유격대원 십여 명이 유령처럼 스르륵 나타났다. 그들은 아무 말도 없이 갈대밭을 가로질러 숲속으로 자취를 감추었다. 그들 중 몇 명은 허리춤에 커다란 보자기를 차고 있었는데, 피가 맺힌 채 뚝뚝 떨어졌다. 그들을 지켜보며 꼼짝도 못하고 있던 차혁주 곁으로 김삼복이 다가왔다. 김삼복이 갈대밭 너머로 사라진 그들을 보며 중얼거렸다.

"보아라부대인 모양이네요."

"나한테는 사찰유격대라고 하던데?"

"여러 이름으로 불립니다. 산청군 쪽은 승리부대, 함양군 쪽은 강철부대라고 부르죠. 하지만 그중에서는 구례군의 사찰유격대인 보아라부대가 가장 유명합니다."

"잘 싸워서?"

차혁주의 물음에 김삼복이 고개를 끄덕였다.

"보아라부대 대장은 나동혁이라는 자입니다. 빨치산 전남도당 조직부장의 책임비서였는데, 듣기로는 남부군 총사령관 이현상이 총애하던 자라고 하더군요. 작년 겨울 토벌작전 때 부하들과 귀순했습니다. 그리고 사찰유격대를 조직해 빨치산들과 싸우고 있는 중이죠."

"아까 보고 빨치산인 줄 알았어."

"그들처럼 차려입고, 담배도 안 피우고, 세수와 면도도 안 하고 돌아다닙니다. 빨치산들은 코가 좋아서 담배랑 비누 냄새 같은 걸 귀신같이 알아차려서 도망치거나 매복하는데, 저들에게는 그게 통하지 않는 겁니다."

"이이제이로군."

"어찌 보면 불쌍한 사람들입니다. 산에서 내려와 빨치산에게는 배신자 소리를 듣고 여기서도 완전히 믿지는 않으니까요. 그래서 더 악착같이 싸우는 건지도 모르겠습니다. 보아라부대는 빨치산을 죽이면 목을 잘라서 가져옵니다. 보통은 귀를 잘라오는데 말이죠."

김삼복의 이야기를 들은 차혁주는 아까 보아라부대원들 중 몇 명이 허리춤에 피 묻은 보자기를 차고 있던 것을 떠올렸다. 이운창의 말대로 죽음이 너무 흔한 일상이 되었다. 그래서 갈대밭에서 처참하게 죽은 어린 효숙의 죽음도 그냥 평범한 일상처럼 흘러갔다. 차혁주는 낙담하고 김삼복에게 물었다.

"이런 일이 몇 번이나 있었지?"

"사람이 죽어나가는 거야 일상입니다."

"그런 거 말고. 아이들만 골라서 칼이나 도끼 같은 걸로 이렇게 죽이고 시신을 유기한 거 말이야."

"저는 잘 모릅니다."

갑자기 횡설수설하는 김삼복을 보면서 차혁주는 짙은 두려움을 느꼈다. 그의 눈빛을 본 김삼복이 손사래를 쳤다.

"아마 빨치산 짓일 겁니다. 겁을 주려고 했겠죠."

차혁주는 필사적으로 입을 다물려는 김삼복의 모습에 더이상 할말이 없었다. 허리춤에 있던 대검으로 주변의 갈대를 잘라 효숙의 피 묻은 신발이 있는 현장을 덮는 것이 그가 할 수 있는 유일한 일이었다. 그러면서 문득 한 가지를 깨달았다. 방금 전 만난 보아라부대원들 모두 팔뚝에 붉은 천을 두르고 있었던 사실을. 불안한 마음에 그들이 사라진 방향을 바라보았지만 종적도 없이 자취를 감춘 상태였다. 멍한 눈으로 산을 바라보는 그에게 김삼복이 재촉했다.

"곧 해가 떨어집니다. 어서 돌아가야 합니다."

운해읍으로 돌아온 차혁주는 자신을 쳐다보는 눈빛이 더없이 싸늘해진 것을 느꼈다. 삼삼오오 순찰을 다니는 경찰들은 노골적으로 적대적인 눈길을 보냈고 거리를 오가는 행인들 역시 그를 보고 멀리 피해갔다. 사무실로 돌아온 차혁주는 어두운 방에 우두커니 앉아 시간을 보냈다. 밤이 깊어지자 운해읍도 어둠 속에 잠겼다. 창밖으로 보이는 거리에는 나무로 된 전신주가 있었지만 불이 켜진 집은 없었다. 대운서점 역시 불이 꺼져 있었다. 고민하던 차혁주는 밖으로 나와 대운서점 쪽으로 걸어갔다.

대면

　서점은 불이 꺼져 있었고 인기척도 느껴지지 않았지만 안에 누군가 있으리라는 생각이 들었다. 파란색 문을 열자 위에 붙은 작은 종이 딸랑딸랑 소리를 냈다. 마치 탑처럼 쌓여 있는 책들이 어둠 속에서 희미하게 보였다. 어둠이 눈에 익을 때까지 기다리자 안쪽 구석에서 인기척이 어렴풋이 느껴졌다. 조심스럽게 책 사이를 지나 그곳으로 향하자 낡은 책상이 보였다. 책상에는 지팡이가 걸려 있었고 그 옆에서 한 남자가 책을 읽고 있었다. 얼굴을 제대로 알아볼 수는 없었지만 운해읍에 처음 왔을 때 보았던 양복 차림의 그 남자임을 어렵지 않게 알아차릴 수 있었다. 차혁주의 발소리를 들었는지 그가 책에서 시선을 뗐다.
　"오랜만에 손님이 왔군요. 앉으시지요."

차혁주는 맞은편 의자에 앉았다. 문을 열고 들어섰을 때 보이지 않던 안쪽에도 꽤 많은 책이 쌓여 있었다. 처음에는 어둠이 지독하게 달라붙어 있었지만 시간이 지나면서 차츰 눈에 익었다.

"이 서점은 문을 연 겁니까, 닫은 겁니까?"

"열기는 했지만 손님이 없어서 말입니다. 아무래도 책을 읽을 만한 시기는 아니지요."

"불이 안 켜져 있어서 닫은 줄 알았습니다."

"요즘은 등화관제도 심하고 성냥도 구하기가 힘들어서요."

"이 어둠 속에서 책을 읽을 수 있습니까?"

그는 쓴웃음과 함께 책을 덮었다.

"예전에 읽었던 책들이라 페이지만 펼치면 대략 기억이 납니다. 그나저나 보아하니 어제 새로 오신 민보단 지휘관이신 것 같습니다."

"맞습니다. 차혁주 중위라고 합니다."

"오정운입니다."

짧게 대답한 오정운이 책을 책상 한쪽에 올려놓으며 차혁주를 바라보았다. 잘 다듬은 콧수염과 머리에 포마드를 발라 단정하게 넘긴 전형적인 지식인 모습이었다. 차혁주는 막상 오기는 했지만 딱히 할말이 생각나지 않아 오정운이 읽다가 덮어놓은 책을 쳐다보았다.

"무슨 책을 읽고 계셨습니까?"

"쥘 베른이라는 불란서 작가가 쓴 『해저 2만 리』라는 과학소설입니다."

"저도 들어본 작가인데요. 『80일간의 세계 일주』를 쓴 작가 아닙니까?"

차혁주의 말에 오정운이 희미하게 웃었다.

"맞습니다. 중위님도 책을 좋아하시는 모양이군요."

"그래서 여길 들러봤습니다."

"이런 촌구석에 웬 서점이냐고 생각하셨나봅니다."

차혁주는 속마음을 들킨 것 같아 뜨끔했다. 그를 본 오정운이 껄껄 웃었다.

"아버님도 책을 좋아하셔서 집에 책이 꽤 많았죠. 운해읍에 장이 서면 책장수들이 경성에서 딱지본*을 갖고 오곤 했죠. 그럼 아버지는 제 손을 잡고 그곳에 가서 하루종일 책을 고르셨습니다."

"대를 이어서 책을 사랑하셨군요."

"그때나 지금이나 뭔가에 빠져 지내지 못하면 버티기 어려운 시절이니까요."

어둠처럼 착 가라앉은 그의 말에 차혁주는 아랫입술을 깨물었다. 딱히 이유가 있는 것은 아니었지만 어쩐지 말이 통할 것 같다

---

* 1910년대부터 제작된 책으로 값싸고 크기가 작아 큰 인기를 끌었다. 딱지처럼 표지가 화려해 딱지본이라 불렸다.

는 느낌을 받았다.

"이곳에서 쭉 사셨습니까?"

"중학교 때 경성으로 유학을 갔고, 대학교는 일본에서 졸업했습니다. 왜정 말기에 징용에 끌려갔다가 돌아와서 학교 선생을 했죠."

"일본 유학까지 갔다 와서 교편을 잡으신 겁니까?"

다소 의아해하는 그의 물음에 오정운이 쓴웃음을 지었다.

"대학교까지 나왔지만 왜놈에게 고개를 숙이지 않으면 뭘 할 수 있는 세상이 아니었으니까요. 룸펜(Lumpen)* 노릇을 좀 했지만 그럴 거면 아버지가 당장 내려오라고 하셔서 짐을 싸서 내려왔죠. 사실 경성이나 도쿄 같은 곳은 저랑 맞지 않았습니다."

"그럼 그 이후에는 뭘 하셨습니까?"

"징용에 끌려갔죠."

"학교 선생인데 말입니까?"

"사실 선생 노릇도 오래 못 했습니다. 일본인 교장이 하도 괴롭혀서 말이죠. 성질이 나서 때려치우고 야학을 운영하다가 끌려가고 말았죠. 버마(미얀마) 쪽으로 가서 15사단에 배속되었고 임팔작전에 투입되었죠."

---

* 노숙자나 낙오자를 뜻하는 독일어로 카를 마르크스가 처음 사용했다. 일제강점기에 조선에서는 고학력자이면서 실업자를 뜻하는 용어로 쓰였다.

"제가 데리고 있던 하사관이 31사단 소속으로 코히마 쪽에 있었다고 했습니다."

"그렇다면 거기서 무슨 일이 벌어졌는지는 들으셨겠죠?"

오정운의 암울한 말에 차혁주는 고개를 끄덕였다.

"충분히요."

소대 선임하사였던 윤 상사는 보급이 떨어져 배가 고프다고 하소연하는 소대원들에게 임팔작전 때 먹을 것이 없어 벌레나 나무뿌리는 물론 죽은 동료의 시신까지 먹어치웠다는 이야기를 들려주곤 했다. 그 이야기를 할 때마다 묘하게 웃는 윤 상사의 표정을 보면서 어디까지가 진실이고 거짓인지 도통 분간할 수 없었던 기억이 떠올랐다. 차혁주가 생각에 잠긴 사이에도 오정운의 이야기는 이어졌다.

"진짜 운이 좋게 살아났지만 그 와중에 무릎에 부상을 입었습니다. 천신만고 끝에 반년 만에 돌아오니까 죽은 줄 알고 장례까지 치렀다면서 다들 놀라더군요. 그 이후에는 이곳에 서점을 열고 쭉 지내왔습니다."

"그럼 이곳 사정은 누구보다 잘 아시겠군요."

연거푸 쏟아지는 질문에 오정운은 미소를 지었다.

"이 마을에 대해 많이 궁금하신 모양입니다."

"이상한 곳이니까요. 아이가 처참하게 살해되었는데도 다들 아무렇지도 않게 넘기거든요. 오히려 언급하는 걸 더 무서워하는 눈치였습니다."

"오늘 벌어진 사건 말씀이시군요. 효숙이라는 여자아이가 죽었죠?"

차혁주는 낮에 보았던 광경을 떠올리며 굳은 표정으로 대답했다.

"처참하게 도륙되었다는 표현이 더 맞을 겁니다."

"머리 따로, 몸통 따로였습니까? 죽인 곳과 시신이 발견된 장소도 달랐고요?"

차혁주는 오정운의 말에 놀라 벌떡 일어났다. 그 바람에 책상에 놓인 램프가 심하게 흔들렸다. 오정운이 한 손으로 흔들리는 램프를 붙잡으며 말했다.

"놀라지 마십시오. 바깥출입은 잘 안 하지만 저에게 소식을 전해주는 사람들은 제법 있어서 알게 된 겁니다."

도로 자리에 앉은 차혁주는 한숨과 함께 입을 열었다.

"맞습니다. 살인은 갈대밭에서 벌어졌고, 시신은 밭고랑에 버려져 있었습니다. 머리와 몸통은 물론 팔과 다리, 그리고 내장까지 처참하게 난도질을 해놓은 상태였습니다."

"범인은 자신이 저지른 짓을 자랑하고 싶었던 겁니다."

차혁주는 자신이 했던 생각과 오정운의 말이 정확하게 일치하자 내심 반가웠다.

"그런데 사람들의 반응이 참 이상하더군요."

"당연하죠. 입을 잘못 놀렸다가는 자신은 물론이고 가족까지 죽을 수 있는 세상이니까 말입니다. 중위님이 계신 전방에서는 최소한 적과 아군을 구분할 수 있지만 여기는 사방이 적일 수도 있는 곳입니다."

"사람들이 놀라지 않은 건 이전에도 비슷한 일이 벌어져서겠죠?"

질문을 받은 오정운이 희미하게 웃었다.

"예리하시군요. 맞습니다."

"이런 일이 몇 번이나 벌어진 겁니까? 최소한 세 번 이상인 것 같은데요."

차혁주의 물음에 오정운의 표정이 어두워졌다.

"시신이 발견된 아이가 셋이고 시신조차 발견되지 않은 아이들까지 포함하면 다섯입니다."

"왜 죽인 겁니까?"

"이곳에서는 여러 가지 이유로 죽입니다. 자신에게 인사를 하지 않았다고 죽이고, 의심스럽다고 죽이고, 하품했다고 죽이죠."

차혁주는 시니컬하면서도 암울한 오정운의 대답에 다시 질문했다.

"누구 짓일까요?"

"당연히 운해읍 사람 짓이겠죠. 그것도 아이들과 잘 아는 사람의 소행입니다."

"그럼 이곳 사람의 절반 이상이 용의자겠군요."

"피냄새를 맡아보셨습니까?"

"전쟁터에서 질리도록 맡았죠."

오정운은 차혁주의 대답에 힘없는 말투로 말했다.

"이곳에서도 피냄새가 진동합니다. 인민군이 쳐들어오고 국군이 수복했을 때, 그리고 빨갱이들이 이곳을 차지했다가 물러나면서 무수히 많은 사람이 죽임을 당했죠. 학살이 자행된 재너미고개에는 대낮에도 오가는 사람들이 없습니다."

"그렇다고 죄 없는 아이들이 죽는 걸 마냥 모른 척할 수는 없습니다."

"중위님은 정의로운 분이군요."

칭찬인지 비아냥인지 모르는 말을 들은 차혁주는 머리가 복잡해졌다. 사실 그가 살인자를 찾으려 한 이유는 죽은 자의 유령이 찾아오기 때문이었다. 억울함을 풀어주지 않으면 그의 눈앞에 내내 나타날 것이 뻔했기에 그들을 피하려면 살인자를 찾아야만 했다. 그런 복잡한 내막을 아는지 모르는지 오정운은 밝은 표정을 지었다.

"그래도 이 문제에 관심을 갖는 사람은 중위님이 처음입니다."

"사람이 많이 죽는 시대라고 이유 없는 죽음을 그냥 방관할 수는 없으니까요."

오정운이 아무 말도 하지 않고 빙그레 웃기만 하자 머쓱해진 차혁주는 의자에서 일어났다. 그리고 잔뜩 쌓여 있는 책들을 살펴보다가 아는 제목을 발견하고 집었다.

"이건 도스토옙스키의 『카라마조프가의 형제들』 아닙니까? 여기서 볼 줄은 몰랐습니다."

"도쿄에 있을 때 산 겁니다. 아쉽게도 팔거나 드리지는 못할 것 같네요."

오정운이 아직 경계심을 풀지 않았다는 느낌을 받은 차혁주는 조심스럽게 책을 내려놓고 밖으로 나왔다. 불이 켜지지 않은 대운서점이 어둠보다 더 음산하게 느껴졌다.

다음날 차혁주는 군복에 카빈총을 메고 아래층으로 내려가 민보단원에게 지시한 뒤 김삼복과 함께 순찰에 나섰다. 그때 쭈뼛거리며 거리를 두고 따라오는 김삼복을 보며 차혁주는 쓴웃음만 지었다. 운해읍을 벗어나자 김삼복이 물었다.

"어디로 가십니까?"

"아랫골 쪽으로 가보게."

"거긴 무슨 일로요?"

"빨갱이들이 다시 쳐들어오면 거기로 올지 몰라서 말이야."

밤에 지도를 펼쳐놓고 운해읍 주변을 살펴보며 나름 약점을 찾아낸 곳이 바로 아랫골 쪽이었다. 이야기를 들은 김삼복이 손사래를 쳤다.

"에이, 거기는 탁 트인 벌판이라 죽으려고 환장한 놈 아니면 못 옵니다."

"만약 거기로 쳐들어오면 중간에 막을 수 있는 참호나 망루 같은 게 있나?"

"당연히 없죠."

차혁주는 무심코 대꾸하는 김삼복을 한심한 눈으로 바라보며 고개를 절레절레 저었다. 무안해진 김삼복이 딴청을 피우다가 마침 누군가를 발견하고 손을 들어 알은체했다.

"홍사장님! 잘 지내십니까?"

김삼복이 인사를 건넨 사람은 머리숱이 적고 두툼한 안경을 쓴 양복 차림의 40대 초반으로 보이는 남자였다. 그는 구부정한 자세로 길을 걷다가 멈추어 서서 김삼복을 향해 고개를 끄덕였다.

"아이고, 난 누군가 했네. 어디 가는 길이야?"

"새로 오신 대장님 모시고 순찰중입니다."

가까이 다가온 사내가 두툼한 안경을 끌어올리면서 바라보자 차혁주는 헛기침했다.

"차혁주 중위라고 합니다."

"아이고, 만나서 반갑습니다. 저기 다리 근처에서 양복점을 하고 있는 홍봉주라고 합니다."

차혁주는 지나치게 굽실거리는 홍봉주의 모습에서 조심성이 느껴져 불편함을 감추지 못했다. 눈치가 빠른 홍봉주가 얼른 시선을 돌렸다.

"시간 나면 막걸리나 한잔하세."

"알겠습니다. 나중에 가게로 한번 찾아갈게요."

차혁주는 대충 인사를 마친 김삼복이 따라오는 것을 확인하고 아랫골에 도착할 때까지 아무 말도 하지 않았다. 운해읍 남쪽 끝자락에 있는 아랫골은 남쪽으로 비스듬한 평지가 펼쳐져 있어 밭으로 이용하고 있었다. 지리산에서 시작된 개울이 아랫골 한가운데를 가로지르며 구불구불하게 흘렀다. 밭고랑 사이로 돌아다니던 들개가 인기척에 놀라 부리나케 도망쳤다. 차혁주는 운해읍으로 이어지는 길가에 서 있는 작은 망루를 바라보았다. 햇볕을 쬐며 졸고 있던 민보단원이 뒤늦게 시선을 느끼고 화들짝 놀라 일어났다. 밭고랑 사이에 선 차혁주는 방금 걸어온 길을 돌아보며 말했다.

"여기만 뚫리면 운해읍까지는 금방이야. 뒷산 쪽이야 여차하면 읍사무소를 방패삼아 버틸 수 있지만 말이야."

"저렇게 탁 트인 곳을 뚫고 들어오겠습니까?"

김삼복이 더듬거리며 말하자 차혁주는 방금까지 보초가 졸고 있던 망루를 바라보며 쓴웃음 지었다.

"나 같으면 몇 번 정찰해보고 교대시간이랑 언제 조는지 확인해보고 대낮에 밀고 들어올 거야."

할말이 없어진 김삼복이 입을 다물자 차혁주가 말했다.

"내일부터 민보단원들을 동원해 방어시설물을 구축하고 방어태세를 점검하겠다."

"알겠습니다. 대장님."

차혁주는 김삼복의 대답을 들으며 밭고랑을 가로질렀다. 허겁지겁 뒤따라온 김삼복이 물었다.

"읍내로 안 돌아가십니까?"

"아랫골 쪽에는 민간인들이 얼마나 살고 있지?"

"거긴 늙은 무당이랑 딸년밖에 안 삽니다."

차혁주는 심드렁하게 대꾸한 김삼복의 말에 반문했다.

"늙은 무당?"

"읍내에서 못 살고 근처인 여기로 와서 살지요. 여기가 원래 소경들이 모여서 점을 보던 동네였거든요. 빨갱이들이 미신을 믿는다고 잡아다가 총살해서 마을이 텅 비었는데, 진주인가 어디서 피란 온 늙은 무당이 딸년이랑 같이 살고 있습니다."

김삼복의 말대로 밭고랑이 끝나는 벌판 끝자락에 다 쓰러져가는 허름한 집이 몇 채 있었다. 어떤 집은 벽이 허물어져 구호물자인 밀가루 포대로 가린 곳도 있었다. 차혁주는 밭고랑을 지나 그쪽으로 걸어갔다. 주저하던 김삼복이 따라왔다. 싸리담장은 삭아서 없는 것이나 다름없었고 지붕의 이엉도 군데군데 썩어서 주저앉아 있었다. 마당으로 들어가 주변을 살펴보는데, 갑자기 안방문이 벌컥 열렸다. 뒤에 있던 김삼복은 질겁해 비명을 질렀고 차혁주는 방문을 연 사람을 쳐다보았다. 사람인지 애벌레인지 모를 정도로 얼굴에 주름살이 자글자글한 무당인 덕보 할머니가 구부정하게 앉아 차혁주를 바라보았다. 주름에 감춰진 눈은 보일락 말락 했지만 사람을 태워버릴 것 같은 열기가 담겨 있었다. 한 손을 치마 속으로 집어넣었던 덕보 할머니가 뭔가를 확 뿌렸다. 차혁주의 군화 앞까지 굴러온 것은 말라비틀어진 대추였다.

"잡귀 같은 놈이 여기가 어디라고 쏘다니는 것이야!"

차혁주가 아무 대답도 못 하는 사이 김삼복이 나섰다.

"아니, 우리 대장님 보고 잡귀라니!"

"잡귀를 잡귀라고 하지 그럼 뭐라고 불러!"

덕보 할머니와 김삼복이 말싸움하는 와중에 차혁주는 허리를 굽혀 말라비틀어진 대추를 집었다. 순간 엄습해오는 현기증에 하마터면 쓰러질 뻔했다. 욕지거리를 내뱉으며 겨우 균형을 잡은 그에게 덕보 할머니의 싸늘한 시선이 닿았다.

"이 잡귀 놈이 발악을 하는구나! 썩 물러가라. 얼쩡대면서 사람 잡아먹지 말고 말이야."

차혁주는 간신히 허리를 폈다. 다만 무당인 덕보 할머니가 한눈에 자신의 비밀을 눈치챘다는 사실에 큰 충격을 받았다. 김삼복과 입씨름을 벌이던 덕보 할머니는 차혁주를 힐끔 보고는 코웃음쳤다.

"왜? 누가 널 알아보니까 기절초풍하겠냐? 이 벼락 맞을 놈아!"

 소동은 싸리문으로 들어선 누군가가 덕보 할머니를 부르면서 일단락되었다.

 "아이고. 할머니! 왜 또 그러세요."

 검정색 몸뻬에 흰저고리 차림의 키 큰 처녀가 광주리를 내려놓고 다가오자 덕보 할머니는 차혁주를 향해 손가락질하면서 웅얼거렸다.

 "귀신이랑 붙은 놈이 왔어."

 키 큰 처녀는 지긋지긋하다는 표정을 지었다.

 "온 천지에 귀신보다 더한 놈들 천지잖아요. 그럼 좀 어때요?"

 "이 미친것아! 불경스러운 말을 하면 천벌받는다고 했잖아!"

 "그놈의 천벌은 왜 엉뚱한 사람한테만 떨어진대요? 나쁜 놈들한테 좀 떨어지라고 해요."

 "이년이 어디서 또박또박 말대꾸야!"

 "그러니까 방 안에 얌전히 좀 계시라고요. 다음에 또 이러면 묶어놓을 거예요."

 심상치 않은 두 사람의 말싸움에 차혁주와 김삼복은 입을 다물 수밖에 없었다. 두 사람을 힐끔 본 키 큰 처녀가 물었다.

 "누구세요?"

 "민보단에 새로 오신 대장님이셔."

 김삼복이 잽싸게 나서서 말하자 키 큰 처녀는 고개를 대충 숙이고 인사했다.

"저는 미례라고 합니다. 우리 할머니는 정신이 좀 회까닥하셨어요. 빨갱이도 아니고 뭣도 아니니까 죽이지 마세요."

차혁주는 참 당돌한 처녀라고 생각하며 고개를 절레절레 내저었다.

"그럴 생각 없으니까 염려 마십시오. 여긴 두 분만 사십니까?"

"보시다시피 둘밖에 없어요. 원래 살던 무당들은 빨갱이들이 싹 끌고 가서 총살했다고 들었어요."

미례의 말 중간에 덕보 할머니가 불쑥 끼어들었다.

"저 개울가에 버렸어. 그래서 밤만 되면 그것들이 아주 지랄을 떨어대. 자기 팔다리랑 머리통 좀 찾아달라고 말이여."

그러고는 이가 다 빠진 입을 활짝 벌리고 소리 없이 웃었다. 김삼복은 재수가 없다면서 땅에 침을 뱉었지만 차혁주는 묘한 호기심을 느꼈다.

"할머니는 죽은 사람들과 이야기를 나눌 수 있습니까?"

"그럼, 아주 밤낮을 가리지 않고 지랄들을 부려대요. 아주 미칠 지경이야."

"이제 그만 좀 하세요. 할머니."

미례가 나서서 덕보 할머니를 방 안으로 밀어넣고 문을 닫아버렸다. 닫힌 문 안에서 덕보 할머니가 육시랄 년이라고 욕설을 퍼부었지만 미례는 들은 척도 하지 않고 차혁주에게 말했다.

"수상한 사람 나타나면 꼭 신고할게요. 그러니까 신경, 아니 염려하지 마세요."

망루 쪽에서 차혁주를 부르는 소리가 들렸다. 그곳에는 장상천과 패거리가 몰려와 있었다. 몇몇은 광목으로 만든 국군 전투복을 걸치고 있었는데, 하얗게 변색되어 마치 유령처럼 보였다.

"여긴 어쩐 일이십니까, 중위님."

차혁주는 천천히 걸음을 옮기며 패거리 사이에 있는 장상천에게 대답했다.

"경계 태세를 점검하러 나왔네. 자넨?"

장상천은 대답 대신 뒤쪽을 힐끔 쳐다보았다. 한쪽 발에만 고무신을 신은 남자 하나가 뒤로 두 손이 묶인 채 서 있었다. 그 남자가 악을 쓰듯 외쳤다.

"난 빨갱이가 아닙니다. 민국당 사람입니다."

장상천이 눈짓하자 뒤쪽에 있던 서북청년단 단원 하나가 몽둥이로 그의 등을 내려쳤다. 남자가 비명을 지르며 쓰러지자 장상천이 군화로 머리를 짓밟았다.

"나라가 위태로운 판국에 대통령 바짓가랑이 붙잡고 사사건건 늘어지는 게 바로 빨갱이지 뭐야!"

남자가 반항할 기미를 보이자 몽둥이로 내려친 단원이 다시 머리를 가격했다. 무표정한 그의 얼굴 한쪽이 푸르스름한 점으로 뒤덮여 있었다. 그가 몽둥이를 다른 단원에게 넘기고 허리에 찬 대검에 손을 대자 장상천이 고개를 저었다.

"아침부터 피 볼 일 있나? 그냥 끌고 가."

장상천은 부하들이 의식을 잃은 남자를 질질 끌고 가는 모습을 지켜보다가 어설프게 경례했다.

"그럼 먼저 돌아가겠습니다."

차혁주는 장상천과 패거리가 사라지는 모습을 지켜보며 김삼복에게 물었다.

"잡혀간 남자는 누군가?"

"내정리 사는 손씨 같습니다. 소싯적에 대학물 좀 먹었다고 야당 일을 했는데, 기어코 봉변을 당했네요."

"머리를 때린 남자는?"

"점박이입니다. 여기 토박이는 아니고 몇 년 전에 흘러들어와서 장상천의 개 노릇을 하고 있죠. 때리라면 때리고 죽이라면 죽입니다."

"그런데 저런 일은 경찰이 해야 하는 거 아니야?"

차혁주의 물음에 김삼복이 고개를 저었다.

"여긴 지주위원회가 으뜸입니다. 서북청년단은 사실상 지주위원회의 명령을 받습니다. 그래서 군대고 경찰이고 그 앞에서는 설설 깁니다."

"여긴 대한민국이 아닌가보군."

"옛말에도 법은 멀고 주먹은 가깝다고 했으니까요. 읍내 사람들에게는 지주위원회가 곧 나라인 셈이죠."

차혁주는 순찰을 마치고 운해읍으로 돌아와 내일부터 방어시설물을 구축할 준비를 한다고 다시금 김삼복에게 이르고 사무실 2층 방으로 들어왔다. 병사들이 엑스반도라고 부르는 서스펜더와 결속된 벨트를 풀고 모자를 벗은 뒤 침대에 걸터앉아 숨을 돌리는데 문을 두드리는 소리가 들렸다.
"누구야?"
김삼복이라는 대답이 들려오자 차혁주는 들어오라고 했다. 반쯤 문을 연 김삼복이 무슨 일이냐는 그의 물음에 대답했다.
"장상천이 길 건너 은하수다방에서 보자고 합니다."
"무슨 일로?"
"그냥 오시라고 했답니다."
잠시 주저하던 차혁주는 알겠다고 대답하고 모자를 썼다. 거리로 나온 차혁주는 길 건너편 은하수다방 간판을 발견하고 발걸음을 옮겼다. 앞에는 한복 차림의 여성이, 뒤에는 은하수가 그려진 간판에 흰색으로 은하수다방이라고 쓰여 있었는데, 가운데 '하' 자가 거의 지워져 은수다방으로 보였다. 삐걱거리는 나무문을 열고 안으로 들어서자 〈목포의 눈물〉을 부르는 이난영의 구슬픈 목소리가 유성기를 통해 흘러나왔다. 이제 막 레코드를 갈아 끼운

다방 마담이 활짝 웃는 표정으로 그를 맞이했다.

"어머, 새로 오신 중위님이신가보네요."

차혁주는 모자를 벗고 가볍게 고개를 숙였다.

"차혁주 중위라고 합니다. 서북청년단 장상천 단장을 만나러 왔습니다."

"저기 붉은 주렴이 달린 방에 있어요. 차는 뭘로 드릴까요?"

"커피로 하겠습니다."

차혁주가 모자를 고쳐 쓰며 붉은색 주렴을 걷고 안으로 들어서자 장상천이 한 손을 들었다.

"어서 오십시오. 중위님."

장상천이 앉은 의자와 원탁을 제외하고 방 안은 온통 붉은색으로 칠해져 있었다. 금이 간 둥근 유리창은 풀 먹인 종이로 붙여놓았고 벽에는 낡은 공연 포스터들이 붙어 있었다. 차혁주가 천천히 방 안을 둘러보는 사이 장상천은 원탁에 놓인 석유램프에 담뱃불을 붙였다. 전방에서는 구경하기 힘든 군용 담배 화랑을 아무렇지도 않게 피우는 모습에 차혁주는 어이가 없었다. 빈자리에 앉은 그에게 장상천이 담배를 권했지만 거절했다. 두 사람의 팽팽한 눈싸움은 다방 마담이 주렴을 걷고 들어와 커피잔을 내려놓은 다음에야 풀어졌다. 다방 마담이 빈자리에 앉으려 하자 장상천이 손사래를 쳤다.

"아가야. 지금 공무중이니까 너는 나가야 쓰겠다."

"알았어요."

그녀는 새초롬하게 대꾸하고 차혁주에게 윙크했다.

"종종 놀러 오세요, 중위님. 제 이름은 방울이라고 해요."

방울이가 주렴을 걷고 나가자 장상천이 담배 연기를 내뿜으며 차혁주를 바라보았다.

"어떻게, 지낼 만은 하십니까?"

"전방보다야 낫지. 무슨 일로 날 보자고 한 건가?"

단도직입으로 묻자 장상천이 원탁 구석에 놓여 있던 종이를 그에게 내밀었다.

"협조를 좀 부탁하려고 말입니다."

차혁주는 종이에 적힌 이름들을 보면서 눈살을 찌푸렸다. 아까 본 양복점 주인부터 덕보 할머니와 함께 살고 있는 미례까지 포함해 낯선 이름들이 빼곡히 적혀 있었다.

"오늘 체포한 빨갱이를 고문했더니 동조자들을 불었습니다. 뒤처리를 얼른 해야 하지 않겠습니까? 예비 검속을 해야 하니까 민보단도 협조해주십시오."

"이 사람들은 뭔가?"

"대공 용의자들입니다. 지리산에서 암약하는 이현상의 남부군과 내통하는 혐의죠. 조만간 대대적으로 검거작전을 펼쳐야 하는데, 민보단의 협조가 필요합니다."

"증거가 있나?"

"아까 체포한 놈이 자백했습니다."

"그런데 그걸 왜 경찰이 안 하고 자네가 하지?"

"여긴 운해읍이고 지주위원회가 결정합니다. 경찰이나 군인 같은 구분은 무의미한 곳이죠. 다 같이 힘을 합해 빨갱이를 때려잡아야 나라를 구하는 것 아니겠습니까?"

"운해읍은 대한민국이 아닌가?"

"얼마 전까지는 조선민주주의인민공화국이었죠. 그리고 지금도 위험한 상황이라 한가하게 그런 절차를 따질 겨를이 없습니다."

"진짜 애국심이 넘치는군. 혹시 그 애국심을 자원입대로 증명하고 싶은 생각은 없나? 내가 최전방으로 보내줄 수 있는데 말이야."

담배 연기를 길게 내뿜은 장상천이 이죽거리는 말투로 대답했다.

"저에게는 여기가 전쟁터라서 말입니다."

그 말에 차혁주는 코웃음치고 자리에서 일어나 창가로 향했다. 깨진 둥근 유리창 너머로 길가에서 노는 아이들의 모습이 어렴풋이 비쳤다. 군용 모포로 만든 옷이 꽤 커서 흙바닥에 질질 끌렸다.

"전쟁터가 어떤지 알아?"

창밖을 바라보던 차혁주의 물음에 장상천은 어깨를 으쓱거렸다.

"총 쏘고 포탄 날아댕기고 하지 않겠습니까?"

"전투가 잠시 소강상태일 때 주먹밥을 먹는데, 포탄이 떨어져서 부하 한 명이 산산조각이 났지. 주먹밥을 쥔 손만 남았는데, 어땠는지 아나?"

장상천이 모르겠다는 눈빛을 던지자 차혁주는 쓴웃음을 삼켰다.

"먼지가 채 가시기도 전에 다른 부하들이 그 주먹밥을 먹기 위해 쟁탈전을 벌였지. 심지어 그 주먹밥에는 피랑 내장이 잔뜩 묻어 있었는데도 말이야."

차혁주는 자리로 돌아와 의자에 앉은 뒤 계속 말을 이었다.

"지금 이렇게 둘이 이야기를 나누고 있는데 갑자기 상대방이 픽 하고 쓰러진 적도 있었어. 북괴군 저격수에게 당한 건데 누굴 쏠지는 순전히 그자의 몫이야. 영화에서 보면 총에 맞고 비명을 지르면서 쓰러지는데 다 거짓말이야. 픽 하고 쓰러지고는 어리둥절해하다가 죽어. 그게 딱 3초 걸리지. 째깍 째깍 째깍. 그러니까 여기가 전쟁터라는 헛소리는 하지 마."

"여기는 여기대로의 원칙이 있습니다. 그렇게 삐딱하게 구시면 사상을 의심받을 수 있습니다."

"나는 전쟁터에서 두 번이나 부상을 당한 사람이야. 내가 여기를 전쟁터로 삼은 당신에게 뭘 더 증명해야 하지?"

"여긴 운해읍이니까 말입니다. 전방이야 적과 아군을 구분할 수 있지만 여긴 그렇지 않습니다. 우리 편이라고 생각하고 안심했다가는 뒤통수에 총알이 박히거나 배때기에 죽창이 쑤셔박히기 일쑤입니다."

"그래서 그 적과 아군을 본인이 직접 구분하겠다는 건가?"

차혁주는 이름이 적힌 종이를 낚아채서 석유램프를 들어 불을 붙인 다음 원탁 위에 올려놓았다.

"육군 훈령 127호라고 들어봤나?"

"그게 뭡니까?"

"참모총장 이종찬 장군이 군의 중립성을 강조한 훈령이야. 그 훈령에 따라 자네의 요청을 거절하겠네."

"그렇게 나오시면 재미가 없을 겁니다."

차혁주는 고개를 절레절레 내저으며 자리에서 일어났다.

"내 조치가 마음에 안 들면 육본에 직접 연락해서 시정을 요구하게. 그리고 앞으로 할말이 있으면 직접 찾아와. 이런 다방으로 부르지 말고."

차혁주는 너울거리며 재로 변한 종이 너머로 장상천을 쏘아본 뒤 모자를 고쳐 쓰고 밖으로 나갔다. 몇 발자국 옮기기도 전에 장상천의 음산한 목소리가 따라붙었다.

"밤에 주무실 때 문단속 잘 하십시오. 빨갱이들이 언제 쳐들어올지 몰라서요."

차혁주는 걸음을 멈추고 돌아서서 대꾸했다.
"난 항상 장전한 카빈총을 머리맡에 둔다네. 혹시나 오게 되면 꼭 노크하게. 나는 일단 방아쇠부터 당기고 확인하는 성격이라서 말이야."

차혁주는 손으로 방아쇠를 당기는 시늉을 하며 주렴을 걷고 밖으로 나왔다. 답답한 마음에 주변을 돌아보는데 대운서점 간판이 보였다.

지주위원회

 차혁주가 문을 열고 들어서자 어둠 속에서 오정운이 책을 읽고 있었다. 차혁주는 그의 맞은편에 앉아 윗주머니에서 화랑 담배를 꺼내며 물었다.
 "불도 안 켜고 책이 보이십니까?"
 "램프는 저기 있는데, 성냥이 없어서 못 켜고 있습니다."
 "저런, 읍내에 성냥이 없습니까?"
 "빨치산들에게 넘어갈지 모른다고 경찰들이 성냥을 죄다 회수해갔습니다. 하나씩 나눠주는데, 받으려면 앞서 쓴 성냥을 갖고 가야만 나눠주죠."
 차혁주는 오정운의 이야기를 듣고 대낮에도 은하수다방에서 석유램프를 가져다놓은 이유를 알 수 있었다. 차혁주가 혀를 차고 몸을 일으켜 석유램프를 집어왔다. 그는 주머니에서 지포 라이터를 꺼내 불을 붙였다. 그러고는 담배를 건네자 오정운은 고개를 저었다.

"담배는 몸에 해롭습니다."

"전쟁보다 더 해롭기야 하겠습니까? 무슨 책을 읽으십니까?"

"도스토옙스키의 『죄와 벌』이요. 읽어보셨습니까?"

차혁주는 지포 라이터로 담배에 불을 붙이고 고개를 저었다.

"아뇨. 제목은 별로 재미가 없어 보이는군요."

"사람마다 다른 법이니까요. 저는 라스콜리니코프가 전당포 노파 일리나를 도끼로 쳐죽일 때 희열을 느꼈습니다."

"점잖은 분이신 줄 알았는데, 사람을 죽일 때 희열을 느끼시다니요."

"주인공의 맹목적인 자기합리화가 절정을 맞이하기 때문이죠. 니체의 선민의식에 빠져 사람을 함부로 죽여도 된다는 식의 생각을 실천에 옮기면서 역설적으로 자신이 파괴됩니다."

"확신을 갖지 못했나보군요. 떳떳하다고 생각하면 사람을 죽여도 아무런 죄책감을 느끼지 않던데 말입니다."

"인간이 지닌 맹목성과 불완전함이 충돌하면서 생겨난 간극이겠죠. 여긴 어쩐 일이십니까?"

차혁주가 어둠 속으로 담배 연기를 길게 내뿜으며 물었다.

"지주위원회라는 게 대체 뭡니까?"

질문을 받은 오정운이 피식 웃었다.

"장상천을 만난 모양이군요."

차혁주가 고개를 끄덕이자 오정운이 대답했다.

"운해읍을 지배하는 권력기관이죠. 그자는 서북청년단 운해지부장이자 지주위원회의 마름이죠."

"지방에서 지주들이 힘을 쓰는 거야 어제오늘 일이 아니지만 여긴 좀 특별하다는 느낌을 받아서 말입니다."

"여기선 대한민국이고, 조선민주주의인민공화국이고 힘을 못 씁니다."

"지난번 제가 도착한 첫날 세 사람이 찾아왔습니다."

"장상천과 김석충, 지서장 이운창이겠군요. 그 세 사람이 지주위원회의 핵심입니다. 나머지는 허수아비에 불과하죠."

"그들이 어떻게 운해읍을 지배하게 된 겁니까?"

"공포와 힘이죠. 전쟁이 터지고 빨치산들이 이곳을 점령하면서 세상이 뒤집히는 줄 아는 사람이 많았습니다. 그들이 앞장서서 인민재판을 열어 지주들과 관리들을 죽이고 다니면서 다들 숨을 죽이고 살았죠. 그러다가 유엔군이 참전하면서 다시 세상이 바뀌었고, 그러면서 다시 보복이 벌어졌습니다. 대대로 이웃으로 지내던 사람들끼리 죽고 죽이는 일이 벌어진 겁니다. 유령처럼 실체도 없는 이념 때문에 말입니다."

"그 와중에 지주위원회가 읍내를 장악했나요?"

"정확하게 말하면 김석충이 장악한 겁니다. 운해읍에서 으뜸가는 부자라서 빨치산들에게 가장 큰 피해를 입었죠."

"어떤 식으로 말입니까?"

"북한군이 퇴각한 이후에도 빨치산들이 이곳을 차지하고 있었고 지금도 위협이 되고 있지만, 군대나 경찰은 코빼기도 보이지 않았기 때문입니다. 그래서 지주들이 손을 잡고 자경대를 조직해 빨치산과 맞서 싸우게 되었죠. 뇌물을 주고 군대에서 무기와 탄약을 빼돌리고 감옥에 있던 사람들을 빼내서 자경대를 결성했는데, 문제가 될 것 같으니까 서북청년단 간판을 단 것입니다."

차혁주가 돌아가는 상황을 파악하고 말없이 담배를 피우는 사이 오정운의 설명이 이어졌다.

"처음에는 그나마 읍내를 지킨다는 명분이라도 있었지만 지금은 그저 폭력을 휘두르는 집단일 뿐입니다. 거기에 지서장 이운창이 가담하니까 아무도 건드릴 수 없게 되었죠. 지주위원회도 위원장 김석충을 빼고는 아무런 힘도 없습니다."

"왜 그렇습니까?"

"장상천이 김석충의 말만 따르기 때문이죠. 그자가 빨갱이라는 죄목을 씌워서 괴롭히고 경찰이 묵인하는 한 아무도 반항하지 못할 겁니다. 지금 같은 시대에 빨갱이로 지목되면 죽은 목숨이나 다름없으니까 말입니다."

"오늘도 야당을 지지하는 주민을 빨갱이라고 잡아 가두었습니다. 그리고 읍내에 수상한 사람들을 체포한다면서 저에게 동참을 요구했죠."

"누굴 잡아 가둔답니까?"

"양복점 주인과 아랫골에 사는 미례라는 처녀도 있었습니다. 뚜렷한 혐의 없이 그냥 무작정 체포할 것 같아서 거절했죠."

"미례라는 처녀는 장상천이 탐을 내고 있어서 집어넣은 것 같습니다. 마음에 들면 그런 식으로 빨갱이라고 잡아다가 위협해서 자기 첩으로 삼곤 하죠. 지서장 이운창이 운심이라는 처자를 그렇게 첩으로 삼았습니다."

"한마디로 무소불위의 권력을 휘두르는군요."

차혁주의 물음에 오정운은 우울한 표정으로 고개를 끄덕였다.

"무엇보다 배급물자가 주민들에게 제대로 돌아가지 않아서 고통을 받습니다. 게다가 언제 빨갱이로 몰아 체포할지 몰라서 저항하지도 못합니다."

"상급기관에서는 어떤 조치도 안 취합니까?"

"구례군 관할이긴 하지만 사실상 묵인하고 있습니다. 김석충과 이운창이 빼돌린 배급물자를 상납하고 있으니까 모른 척하는 게 더 유리하니까요."

차혁주는 돌아가는 상황이 암담하다는 사실을 깨닫고 낮은 신음을 내뱉었다.

"그래서 아이들이 무참히 살해되어도 아무도 신경을 쓰지 않는 거군요."

"지주위원회에 속한 지주의 자식이나 손자가 죽어야 신경쓸 겁니다."

오정운은 착잡한 표정으로 말하고 나서 석유램프를 당겨 그 불빛에 의지해 책을 읽었다.

다음날 차혁주는 사무실 앞에 집결한 민보단원들을 데리고 아랫골로 가서 이것저것 지시를 내렸다.

"일단 땅은 세 줄로 파고 나무를 깎아서 말뚝을 박는다. 읍내로 연결된 길 주변은 흙과 돌로 담장을 쌓고 망루도 두 배로 높인다."

몇 명이 나지막이 투덜거렸지만 김삼복의 채근에 다들 삽과 곡괭이를 들고 땅을 파고 흙을 쌓기 시작했다. 마당에서 빨래를 널던 미례가 그 광경을 지켜보았다. 참호는 오전 중에 다 팠고 장대를 덧대 높인 망루도 오후가 되면서 거의 완성되었다. 남는 시간에는 99식 소총으로 격발 연습을 시켰다. 국군은 주로 M1 개런드와 카빈총을 썼지만 다행히 사단 본부에 있을 때 99식 소총을 다룬 경험이 있었기에 큰 어려움은 없었다. 공격이 야간에 있을지도 모르기 때문에 차혁주는 횃불까지 미리 준비해놓았다. 그때 뒤쪽에서 소란스러운 소리가 들려왔다. 흰색 깃을 밖으로 뺀 하늘색 제복 차림에 선글라스를 낀 운해읍 지서장 이운창이었다.

부하 경찰들과 모습을 드러낸 그에게 차혁주는 뒷짐을 진 채 물었다.

"여긴 어쩐 일이십니까?"

"관내 순찰중입니다."

헛기침한 이운창이 공사 현장을 보더니 한마디 덧붙였다.

"이런 걸 하시려면 저와 상의를 좀 하셨어야죠."

"군대가 하는 일을 왜 경찰과 상의합니까? 제가 상의하면 장비나 인원을 빌려줬을 겁니까?"

차혁주가 강하게 말하자 이운창은 살짝 당황한 표정을 지었다.

"그런 뜻이 아니라 어디까지나 협조 차원에서 한 얘기올시다."

"그럼 협조 차원에서 면사무소 앞에 가져다놓은 기관총을 좀 빌립시다. 거기보다는 여기에 두는 편이 더 쓸모 있을 것 같은데 말입니다."

대놓고 비아냥거리는 차혁주의 말에 이운창은 선글라스를 벗으며 나지막이 대꾸했다.

"서북청년단 쪽의 협조 요청을 거절하셨던데, 자꾸 그렇게 비협조적으로 나오시면 피차 피곤해집니다."

분위기가 냉랭해지자 주변의 술렁거림이 잦아들었다. 차혁주는 그런 이운창의 귀에 대고 속삭였다.

"이 동네는 경찰이 군대에게 협조 요청을 이딴 식으로 하나?"

"여긴 운해읍입니다. 원치 않지만 자꾸 이러시면 사상을 의심

할 수밖에 없습니다."

차혁주는 대답 대신 소매를 걷어서 팔꿈치 부근의 상처를 보여주었다.

"이거 보입니까? 북괴군이 쏜 박격포탄 파편이 여기 박혀서 하마터면 팔을 자를 뻔했죠. 정강이에도 한 방 맞았는데, 다행히 멀리서 날아온 거라 뚫고 들어가지 못하고 박혀버렸죠. 그걸 손으로 뽑아내려고 하다가 입은 화상이 아직 남아 있죠."

차혁주는 살이 문드러진 흔적이 있는 엄지와 검지를 선글라스를 만지작거리는 이운창에게 보여주며 쏘아붙였다.

"여기 와서 날 협박할 시간이 있으면 아이들을 도륙하는 살인마나 잡으시지요."

"읍내에서 암약하는 빨갱이 소행입니다."

이를 악문 이운창의 반박에 차혁주가 이죽거렸다.

"빨갱이는 귀신같이 잡아내면서 애들을 죽이는 빨갱이는 도통 못 잡는군요."

"아무튼 중위의 비협조로 발생한 문제는 책임져야 한다는 점 명심하시기 바랍니다."

이운창은 선글라스를 도로 끼고 가죽 장화로 발을 한 번 구른 다음 자리를 떴다. 차혁주는 멀어져가는 이운창의 모습을 보며 고개를 절레절레 저었다. 술렁거리는 분위기에 김삼복이 얼른 나서서 외쳤다.

"구경거리 났어! 얼른 일해! 해가 곧 떨어지잖아."

김삼복이 부하들을 다그치고 차혁주 곁으로 다가와 속삭였다.

"이렇게 대놓고 들이받으면 뒷감당을 어쩌시려고요."

"그렇게 겁을 먹으니까 저놈들이 저렇게 나오지."

"중위님이야 임기 채우고 떠나시면 그만이지만 우린 여기 남아서 살아야 한단 말입니다."

김삼복의 말에 차혁주는 움찔했다. 그의 말대로 자신은 육본에서 발령이 나면 이곳을 떠나야만 하는 처지였다. 그런 마음에 그들과 충돌하는 것인지도 몰랐다. 후방으로 오면 그나마 마음이 편할 줄 알았는데 그렇지 않다는 사실에 차혁주는 마음이 더없이 복잡해졌다. 침묵을 지키는 차혁주를 물끄러미 바라보던 김삼복이 부하들에게 돌아갔다. 해가 떨어질 무렵에는 그럭저럭 세 개의 참호와 돌담, 망루가 만들어졌다.

민보단원들은 차혁주가 가르쳐준 군가를 부르면서 읍내로 돌아왔다. 지나가던 사람들이 쳐다보자 그들은 더 의기양양하게 군가를 불렀다. 민보단원들을 이끌던 차혁주는 누군가의 시선을 느끼고 고개를 돌렸다. 큰길가에 있는 집 2층에서 젊은 여인이 여자아이를 안고 내려다보고 있었다. 운해읍의 다른 집들처럼 개량한 옥이나 일본식 적산가옥이 아니라 일제강점기 경성에서 지어진 문화주택(文化住宅)*이었다. 붉은 벽돌로 쌓은, 하얗게 칠한 담장과 시멘트로 만든 기와가 눈에 띄었다. 사는 곳이 남달라서 그런지 2층에서 내려다보는 여성 역시 곱게 화장하고 여유로운 표정으로 내려다보았다. 옷차림도 달랐다. 치마저고리 차림의 여느 여성들과는 달리 미군 낙하산을 뜯어 만든 나일론 블라우스를 입고 있었다. 운해읍의 다른 여성들에게서 느껴지는 삶의 팍팍함과 고단함이 눈곱만큼도 느껴지지 않은 여유로운 모습이었다. 그 여성은 차혁주가 바라보자 조용히 창문을 닫았다.

    차혁주도 시선을 돌려 사무실 앞에 모인 민보단에게 내일 작업을 마무리할 테니 늦지 말라는 이야기를 하고 해산했다. 2층 방으로 올라간 차혁주는 문을 닫자마자 싸늘한 기운을 느꼈다. 도로 나갈까도 생각해보았지만 어디든 따라올 것이라는 생각에 한숨을 쉬면서 문을 닫았다. 그러자 문 뒤에 나란히 서 있던 아이들이 눈에 들어왔다. 세 명은 운해읍에 온 첫날 보았던 아이들이었고 짧은 머리에 두 손을 뒤로 한 채 서 있는 아이는 이곳에 온 후 주검으로 발견된 효숙이었다. 모두 불만과 두려움에 가득찬 얼굴이었다. 차혁주는 모자를 벗고 침대에 걸터앉아 고개를 숙인 채 머리를 긁적였다.

    "나도 누가 너희를 죽였는지 궁금해."

---

* 일제강점기 후반 서양식 주택의 건축방식을 도입해 지은 주택을 말한다.

차혁주가 고개를 들자 문 옆에 서 있던 네 아이가 바로 코앞까지 다가왔다. 그러자 죽은 자의 숨결이 느껴졌다. 얼음같이 차가운 숨결에는 일말의 따뜻함도 느껴지지 않아 마치 온몸이 얼어붙는 것 같았다. 차혁주는 괴로운 표정으로 물었다.

"단서를 주면 반드시 범인을 찾아줄게."

하지만 아이들은 아무 말 없이 그를 뚫어지게 응시했다.

"제발 말 좀 해줘. 그래야 범인을 찾지."

혼령들은 생전의 성격처럼 제각각이었다. 죽은 후에도 찾아와 미주알고주알 떠드는 윤 상사와 달리 아이들은 말없이 물끄러미 쳐다보기만 했다. 혼령들은 인간의 말을 듣지 않기 때문에 어르거나 달래기가 불가능한데다 이미 죽은 탓에 위협도 통하지 않았다. 오직 인내하면서 지켜볼 뿐이었다. 차혁주는 당장 울 것 같은 표정으로 바라볼 뿐 침묵의 그림자에서 벗어나지 못하는 아이들을 보며 괴로움에 소리라도 지르고 싶었다. 하지만 그랬다가는 무슨 일이 벌어질지 몰라 침묵해야 했다. 그러다 문득 어둡다는 생각에 주머니에서 지포 라이터를 꺼내 불을 밝혔다. 뚜껑을 연 지포 라이터를 책상 위에 올려놓자 아이들이 일제히 불빛을 바라보았다. 직감적으로 어떤 신호임을 눈치채고 지포 라이터의 불을 들어 아이들 앞에 가져다댔다.

"불? 불이 너희 죽음과 관련이 있다는 거야?"

아이들은 아무 대답도 없이 불만 뚫어지게 바라보며 두 손을 앞으로 내밀었다.

"손에 무슨 단서가 있는 거야? 손에 불이 붙었어?"

차혁주는 제발 한마디라도 해달라며 간절한 표정으로 말했다. 하지만 아이들은 오히려 입을 굳게 다물고 뒤로 물러났다.

"가지 마! 제발."

차혁주의 간청에도 불구하고 아이들은 손을 잡은 채 벽 너머 어둠으로 사라졌다. 이런 식으로 사라지면 다시 언제 나타나서 괴롭힐지 몰랐기 때문에 황급히 일어났지만 아이들은 이미 온데간데없이 사라져버렸다.

"젠장!"

늘 이런 식이었다. 죽은 자의 혼령을 본다는 것은 괴로운 일이었다. 혼령은 그가 자신이 원하는 대로 움직여줄 때까지 혹은 자신의 뜻을 알아차릴 때까지 집요하게 그의 앞에 나타났다. 차혁주는 아이들이 사라진 벽을 치면서 외쳤다.

"대답을 좀 해봐. 대체 누가 너희를 죽인 거냐고."

사라진 아이들은 다시 나타나지 않았다. 차혁주는 그대로 침대에 벌렁 누웠다. 절망한 그는 지끈거리는 머리를 부여잡은 채 신선한 공기를 마시기 위해 일어나 창문을 열었다. 등화관제가 실시되기도 했지만 한밤중에 불을 켜놓을 만한 여유가 없었기 때문에 운해읍은 어스름한 달빛만 비추는 어둠 속에 잠겨 있었다. 그러나 딱 한 곳, 문화주택 2층에서만 커튼 사이로 불빛이 새어나왔다. 차혁주는 호기심에 창가에 기대어 지켜보았다. 그때 커튼이 크게 흔들렸다. 그리고 그림자가 창밖으로 몸을 기울였다.

"뭘 하는 거지?"

차혁주가 중얼거리는 순간 그림자가 창밖으로 몸을 빼내는가 싶더니 아래층으로 뚝 떨어졌다. 도둑인가 싶었지만 바로 뒤에 다른 그림자가 아래로 내려간 그림자를 바라보면서 손을 흔드는 모습이 보였다. 아래로 내려간 그림자는 뜰을 가로질러 담장을 넘었다. 조금도 주저하지 않고 거침없이 행동하는 것으로 보아 보통내기가 아닌 듯했다. 차혁주는 밖으로 나온 그림자를 보았다. 달빛이 훤한 곳에서는 누군지 알 수 있을 것 같았다.

그때 어둠 속에서 갑자기 총소리가 들려왔다. 움찔한 차혁주는 재빨리 창가에서 물러나 카빈총을 집었다. 그사이 문화주택에서 빠져나온 그림자는 사라져버렸다. 총소리에 개들이 요란하게 짓기 시작했다. 개 짖는 소리와 함께 총성이 간헐적으로 들렸는데 권총 발사음인 듯했다. 빨치산들이 쳐들어온 것이 아닌가 싶어 살펴보는 와중에 경찰이 불어대는 호루라기소리와 함께 저놈 잡아라라는 외침이 메아리처럼 들려왔다. 그제야 비로소 장상천과 이운창이 말한 예비 검속이라는 사실을 깨닫고 안도의 한숨을 내쉬었다. 총성은 잠시 후 그쳤고 다시 침묵이 찾아왔지만 이내 누군가 지르는 괴성이 들려왔다. 차혁주는 상황 파악이 전혀 안 되었기 때문에 일단 카빈총을 움켜진 채 정세를 살폈다. 침묵의 시간이 흐른 후 쿵쿵거리는 소리를 내며 계단을 올라온 김삼복이 문을 열어젖혔다. 그가 곤란한 표정으로 말했다.

"잠시 내려오셔야겠습니다."

차혁주는 무슨 일이냐고 물어볼 필요도 없이 고개를 끄덕였다. 김삼복이 옆으로 물러나면서 말했다.

"혹시 모르니까 장전하십시오."

차혁주가 카빈총의 노리쇠를 당겨 탄환을 장전한 후 계단을 내려가자 사무실 입구에 장상천과 이운창이 나란히 서 있었다. 그 뒤로는 서북청년단원들과 경찰들이 있었다.

"이 밤중에 무슨 일입니까?"

차혁주의 말이 채 끝나기도 전에 이운창이 삿대질했다.

"당신의 비협조로 빨갱이를 놓쳤소이다. 게다가 내 부하가 둘이나 다쳤고 말이오."

"무슨 소립니까, 그게?"

차혁주의 반문에 장상천이 흥분한 얼굴을 들이밀었다.

"그 양복점 주인 홍봉주 말이오. 그 자식이 갑자기 권총을 빼 들고 총을 쏘아대면서 극렬하게 저항했다니까요."

차혁주는 아까 들린 총소리와 경찰의 외침이 홍봉주를 체포하다가 갑자기 총격을 받으면서 벌어진 일이라는 사실을 깨닫고 고개를 절레절레 저었다.

"그게 왜 내 탓이란 말입니까?"

"민보단이 도와줬으면 손쉽게 체포했을 거라 이 말입니다. 어떻게 책임질 겁니까?"

이운창이 격하게 소리를 지르자 차혁주도 지지 않고 응수했다.

"그걸 왜 내가 책임집니까? 당신들이 놓친 거 아냐!"

"이렇게 비협조적으로 나오면 당신도 무사하지 못해!"

이운창이 허리춤에 찬 권총을 뺄 기미를 보이자 차혁주는 카빈총을 들이댔다.

"나는 분명히 협조할 뜻이 없다고 얘기했고, 관여한 바도 없어. 그러니까 나한테 덮어씌울 생각하지 마!"

차혁주의 외침에 장상천이 능글맞은 표정을 지으며 끼어들었다.

"아따! 지금 상황 파악이 안 되신 모양인데요. 지금 경찰이랑 서북청년단을 상대로 혼자 맞서 싸울 생각입니까?"

"혼자가 아니지."

옆에서 불쑥 끼어든 김삼복의 목소리에 장상천이 눈살을 찌푸렸다.

"민보단은 빠져."

"우리 대장님 그만 괴롭히지!"

김삼복이 어느 틈엔가 꺼내온 99식 소총의 노리쇠를 천천히 당기며 말하자 다른 민보단원들도 총이나 몽둥이를 들고 나섰다. 자칫 일이 커질 것 같은 기미가 보이자 기세등등하던 이운창이 주춤거렸다.

"일단 총들 내려놓고 말로 합시다! 말로."

긴장감 감도는 팽팽한 대치는 밖에서 들려오는 외침으로 갑작스럽게 끝나고 말았다.

"조명탄이 떴다!"

약속이나 한 듯 다들 밖으로 우르르 몰려나가자 읍사무소 뒷산에서 뜬 조명탄이 천천히 아래로 떨어지고 있었다. 이운창이 그 광경을 보며 말했다.

"빨치산들이 쳐들어왔다는 신호야!"

이운창은 권총을 뽑아들며 부하 경찰들에게 외쳤다.

"어서 가지 않고 뭣들 해!"

이운창은 부하 경찰들이 허둥지둥 뒷산 쪽으로 뛰어가는 모습을 보다가 돌아서서 차혁주에게 말했다.

"아랫골 쪽을 막아주시오."

차혁주는 고개를 끄덕이고 99식 소총을 든 김삼복에게 지시했다.

"무기 다 꺼내고 따라와."

"알겠습니다."

차혁주가 카빈총을 둘러메고 거리로 나서자 김삼복이 꽹과리를 치면서 민보단원들을 불러모았다.

빨치산

다행히 차혁주가 민보단을 이끌고 아랫골에 도착할 때까지 빨치산들은 공격해오지 않았다. 하지만 횃불을 밝히라고 명령하고 돌담에 기댄 채 숨을 헐떡거리는 그에게 망루 쪽에 올라간 김삼복이 외쳤다.

"밭고랑 너머에 놈들이 보입니다."

차혁주는 어른거리는 그림자를 향해 카빈총을 겨누고 방아쇠를 당겼다. 어둠 속에서 총성이 울려퍼지자마자 밭고랑 너머에서 수많은 불꽃이 피어올랐다. 차혁주는 전쟁터에서 그것이 무엇을 의미하는지 알기에 고개를 숙이면서 외쳤다.

"숨어라!"

돌담에 맞은 탄환이 사방팔방으로 튕겨나가는 소리가 귓가에 울렸다. 차혁주는 돌담에 바짝 몸을 붙이며 외쳤다.

"한 발 한 발 정확하게 겨냥해서 쏜다."

그사이 빨치산들의 사격이 요란해졌다. 이쪽을 향해 겨눈, 전선에서 부하들이 쓰는 M1 개런드 발사음이 들려오자 친근하면서도 무서웠다. 다행히 빨치산들은 사격만 가할 뿐 좀처럼 공격해 오지 않았다. 총성이 잦아들자 차혁주는 고개를 들고 빨치산들의 동태를 살폈다. 초반부터 적극적으로 치고 나왔다면 아직 훈련이 덜된 민보단으로는 방어가 어려울 수도 있었지만 일단 전력을 살피는 듯했다. 하지만 빨치산들이 운해읍 정도 되는 곳을 공격하기로 했다면 이렇게 소극적으로 나올 리 없다고 생각할 찰나, 어둠 속에서 떠들썩한 함성과 함께 빨치산들이 뛰쳐나왔다. 예상대로 잘 버티던 민보단이 술렁거리는 것이 보였다. 다행히 낮에 파놓은 참호 때문에 빨치산들이 제대로 넘어오지 못하는 사이 차혁주가 카빈총을 연사해 위기를 넘길 수 있었다. 부상당한 동료를 질질 끌고 퇴각하는 빨치산들을 보며 한숨 돌리는 것도 잠시, 차혁주는 탄약을 절반 정도 썼다는 사실을 알고 다시 절망에 빠졌다. 밤새 공격할 것이 분명한데 지금 상황에서는 한두 시간도 못 버틸 것이 뻔했다. 민보단이 보유한 99식 소총은 숫자도 부족하고 탄약도 부족했다. 카빈총을 내려놓은 채 숨을 고르며 방법을 찾던 차혁주는 예전의 기억을 떠올렸다. 그는 망루 위에 있던 김삼복을 불러 부하들과 조금 떨어진 곳으로 데려갔다.

"읍사무소에 있는 기관총을 가져올 테니까 그때까지만 잘 버텨봐."

"당장이라도 쳐들어올 것 같습니다."

차혁주는 울상이 된 김삼복에게 자신의 카빈총과 탄입대를 풀어주며 말했다.

"급하면 수류탄을 던져. 최대한 빨리 가져올게."

차혁주는 김삼복의 99식 소총을 낚아채고 읍내로 뛰어갔다. 밤중이었지만 공사를 하느라 오갔던 덕에 길을 잃지 않고 도착할 수 있었다. 뒷산 쪽에서 총성과 호루라기소리가 메아리쳤다. 읍사무소 입구에는 여전히 캘리버30 기관총이 거치되어 있었고 경찰 두 명이 지키고 있었다. 잔뜩 긴장하고 있던 경찰들은 차혁주가 불쑥 나타나자 깜짝 놀란 표정을 지었다.

"그거 들고 따라와!"

차혁주가 일부러 고압적으로 명령하자 상급자로 보이는 경찰이 더듬거리며 대답했다.

"경위님이 여길 지키라고 했습니다."

"지금 아랫골이 위험해!"

"그래도 명령이 없으면……."

경찰은 차혁주가 99식 소총을 겨누자 말을 채 끝맺지 못했다. 두 경찰이 손을 들고 물러나자 그는 잽싸게 캘리버30 기관총을 어깨에 걸쳤다.

"삼각대는?"

"워, 원래 없었습니다."

"젠장, 탄약 들고 따라와! 어서!"

상급자 경찰이 양손에 탄약통을 들었다. 차혁주는 곧장 아랫골로 뛰어갔다. 그때 멀리서 수류탄이 터지는 소리가 들렸다. 다급해진 그는 이를 악물고 뛰었다. 다행히 아랫골의 방어선은 아직 무너지지 않았다. 수류탄을 던지고 고개를 숙인 김삼복이 멀리서 달려오는 차혁주를 보고 다급하게 손짓했다.

"놈들이 코앞까지 왔습니다."

"비켜!"

차혁주가 황급히 돌담 위에 캘리버30 기관총을 올려놓고 숨을 헐떡거리며 따라온 경찰에게 말했다.

"빨리 장전해."

경찰이 더듬거리면서 장전하는 사이 차혁주는 고개를 내밀고 동태를 살폈다. 삼중으로 파놓은 참호 중 두번째까지 넘어온 빨치산들이 마지막 참호 주변까지 접근해 있었다. 차혁주는 경찰이 장전을 마치자마자 노리쇠를 잡아당기고 방아쇠를 당겼다. 삼각대가 없어 기관총이 마구 들썩이면서 사방으로 탄환이 날아갔다. 예광탄이 어둠을 가로질러 쏜살같이 날아가자 잔뜩 겁에 질려 있던 민보단원들의 표정이 밝아졌다. 참호를 기어 올라오던 빨치산들은 탄환에 맞아 굴러떨어지거나 고개를 푹 숙인 채 바닥에 납작 엎드렸다. 한숨을 돌린 차혁주는 사격을 멈추고 동태를 살폈다. 그후 빨치산들이 움직이는 기척이 들릴 때마다 간헐적으로 사격하면서 견제했다. 문제는 역시 탄약이었다. 경찰이 자신이 들고 온 200발이 전부라고 한 것이다. 첫 사격에서 거의 50발을 썼고 몇 발씩 나누어 쏘면서 절반 가까이 써버리고 말았다. 차혁주는 절망한 채 기관총 탄약을 갖고 따라온 경찰에게 물었다.

"구원부대는 안 오나?"

"구례경찰서에 무전을 때리긴 했습니다만 안 올 겁니다."

"왜?"

성난 차혁주의 물음에 경찰이 겁먹은 얼굴로 대답했다.

"야간에는 기습을 당할까봐 안 움직입니다. 날이 밝아야 옵니다."

"이런, 놈들이 알고 밀고 들어오면 못 막을 것 같은데."

김삼복이 민보단이 갖고 있는 99식 소총 탄약이 거의 떨어졌다고 속삭였다. 그가 갖고 있는 카빈총의 탄약도 한 탄창 정도밖에는 남지 않은 상황이었다.

"급한 불을 끄긴 했는데, 이제 끝인가?"

최전방에서 죽을 고비를 무수히 넘기고도 살아남았는데, 한참 후방인 지리산에서 목숨을 잃을 줄은 꿈에도 몰랐던 차혁주는 멍한 표정으로 중얼거렸다. 그나마 다행인 점은 이제 억울하게 죽은 혼령들에게 시달리지 않아도 된다는 것이었다. 반쯤 포기하고 있었는데, 갑자기 빨치산 진영 쪽이 어수선했다. 정확히는 총성이 뒤엉킨 것이다.

"뭐지?"

고개를 내밀고 살펴보던 차혁주의 눈에 멀리 뒤쪽에서 날아온 탄환이 아랫골 밭고랑 너머에 숨어 있는 빨치산 진영 쪽으로 떨어지는 것이 보였다. 덕분에 빨치산들이 우왕좌왕하다가 사방으로 뿔뿔이 흩어졌다. 그러면서 콩 볶는 소리 같던 총성들이 차츰 사그라졌다.

"무슨 일입니까?"

죽을상을 하고 있던 김삼복이 물었지만 차혁주도 영문을 몰랐다. 얼마간 정적이 흐르고 나서 어둠 속에서 굵직한 목소리가 들렸다.

"쏘지 마라! 우린 보아라부대다!"

잠시 후 두 손을 든 사찰유격대 보아라부대 대장 나동혁이 어둠 속에서 모습을 드러냈다. 그뒤로 빨간 천을 팔목에 찬 보아라부대원들이 속속 나타났다. 차혁주가 돌담 밖으로 고개를 내민 채 외쳤다.

"너희가 빨치산의 배후를 공격했나?"

"그렇다. 읍내에서 총소리가 나는 걸 듣고 급히 달려왔다."

목청껏 외치면서 이야기를 주고받는 사이 보아라부대원들이 부상입은 빨치산 포로 두 명을 끌고 나왔다. 한 명은 허연 수염이

난 늙은이였고, 다른 한 명은 여드름이 채 아물지 않은 10대 중반의 소년이었다. 차혁주는 비로소 빨치산들을 물리쳤다는 사실을 인식하고 그 자리에 털썩 주저앉았다. 돌담 뒤로 고개를 처박고 있던 민보단원들도 살았다는 희열감에 너나없이 웃음 지었다. 나동혁이 밭고랑을 가로질러 와 차혁주 앞에 섰다.

"포로들에게 물어보니 남부군 직속 김지회 부대가 공격한 모양입니다. 그걸 민보단으로 막다니, 대단하군요."

"운이 좋았습니다."

간신히 웃음을 찾은 차혁주의 말에 나동혁은 입꼬리를 비틀었다.

"요즘 세상에서는 실력보다는 운이기는 하죠. 이쪽이 민보단이 지키는 걸 알고 공격한 모양입니다."

"뒷산 쪽이 아니고요?"

"거긴 도토리부대들이 갔다고 합니다."

"도토리부대는 또 뭡니까?"

"무장도 형편없고, 전력도 부족해 산에 다니면서 도토리나 주워먹는 부대라는 뜻입니다. 대신 밤이라 전력을 제대로 파악할 수 없으니까 경계가 엄한 뒷산 쪽을 공격해 눈길을 끈 다음 김지회 부대가 여기를 돌파하려고 했던 모양입니다. 아무튼 재차 공격해올지 모르니까 우리도 합류하겠습니다."

"그러십시오."

M1 개런드와 따발총, 수류탄으로 무장한 20여 명의 보아라부대원은 보기만 해도 든든했다. 한숨을 돌린 차혁주는 모자를 벗고 이마의 땀을 닦았다. 총성이 사라지자 벌레들 우는 소리가 다시 어둠을 채웠다.

영원히 뜨지 않을 것 같았던 아침 해가 밝아오자 돌담에 기댄 채 어둠을 노려보던 차혁주는 저도 모르게 안도의 한숨을 쉬었다. 몇 시간 동안 총격전이 벌어졌지만 신기하게도 부상자는 어깨에 총상을 입은 한 명과 돌에 맞고 튕긴 탄환이 발등에 떨어진 한 명을 포함해 둘뿐이었다. 빨치산측 역시 두 명의 포로와 몇 명의 부상자가 생겼지만 전사자는 없는 것 같았다. 포로가 된 두 명 역시 진짜 빨치산이 아니라 투쟁인민, 즉 끌려온 민간인이었다. 9시가 될 무렵 서남지구 전투경찰대 예하 203전투경찰 연대 병력이 도착했다. GMC 트럭 세 대에 나누어 100명이 넘는 전투경찰이 도착하자 두려움에 떨던 민보단원들의 표정이 밝아졌다. 그 모습을 지켜보던 나동혁이 말했다.

"이제 저는 가보겠습니다."

"어디로 가십니까?"

카빈총을 고쳐 멘 차혁주의 물음에 나동혁이 무덤덤하게 대꾸했다.

"이현상을 잡으러 갑니다."

나동혁이 손짓하자 여기저기 흩어져 경계를 서던 보아라부대원들이 모였다. 그러고는 마치 유령처럼 숲속으로 사라져버렸다. 김삼복이 그들이 M1 개런드 세 자루와 탄약들을 잔뜩 남기고 갔다고 넌지시 알려주었다. 상황이 안정되자 비로소 자신의 정체를 알아본 덕보 할머니와 미례가 걱정되었다. 그들이 사는 집 쪽으로 빨치산들이 넘어오는 바람에 사격이 집중되었기 때문이다. 자세히 보니 벽에 총탄이 박힌 흔적이 보였다. 다행히 부엌문을 열고 미례와 덕보 할머니가 이쪽을 바라보고 손을 흔들었다. 차혁주는 안도의 한숨을 쉬고 김삼복에게 말했다.
"돌아갈 준비를 하자."

다친 민보단원들을 들것에 실어 읍내로 돌아오자 주민들이 거리로 나와 박수를 쳤다. 전투경찰들이 읍사무소 지붕에 기관총을 설치하고 뒷산으로 올라가는 모습이 보였다. 지친 표정의 이운창이 뒷산에서 터덜터덜 걸어내려왔다.
"말도 마십시오. 남부군 전체가 몰려와서 하마터면 큰일날 뻔했습니다."
차혁주는 나동혁에게 들은 이야기가 있던 터라 애써 웃음을 참았다.
"다행입니다. 우리 쪽도 김지회 부대가 쳐들어와서 무너질 뻔했다가 보아라부대가 도와줘서 위기를 넘겼습니다."

두 사람은 서로 머쓱하게 쳐다보고 돌아섰다. 그때 이운창이 물었다.

"혹시 서북청년단 사람들 못 봤습니까? 도통 보이지 않던데 말입니다."

차혁주는 그제야 장상천과 패거리가 보이지 않는다는 사실을 눈치채고 주변을 돌아보다가 김삼복을 바라보았다. 김삼복도 모르겠다는 제스처를 취했는데, 은하수다방에서 방울이가 걸어나오며 말했다.

"우리 다방에 있어요."

차혁주는 어안이 벙벙해 방울이에게 물었다.

"다방에는 왜?"

"직접 와서 보세요."

사람들이 우르르 몰려들어오자 다방 구석에 숨어 있던 장상천과 서북청년단 패거리가 머쓱한 표정을 지었다. 이운창이 나서서 소리쳤다.

"여기서 뭐 하고 있는 건가?"

"대, 대기중이었습니다."

"무슨 대기! 빨갱이들이 쳐들어와서 밤새 싸우고 있었는데 여기 처박혀 있었던 거야!"

이운창은 어처구니없다는 표정을 지은 채 불같이 화를 내며 밖으로 나갔다. 차혁주 역시 비웃음을 남기고 그 자리를 떠났다.

빨치산의 습격이 있던 밤이 지나고 전투경찰대가 증원을 오면서 운해읍은 다시 평온을 되찾았다. 차혁주는 부상자 치료 상태와 경계 태세를 확인하고 한숨을 돌렸다. 그리고 곧장 대운서점으로 향했다. 대낮에도 깜깜한 대운서점 안에서는 오정운이 다리를 꼰 채 책을 읽고 있었다.

"보이지도 않는데 책이 읽히십니까?"

"여러 번 읽은 거라 페이지만 넘겨도 대충 내용이 떠오릅니다."

차혁주는 먼지투성이 의자를 가져다가 오정운 앞에 놓고 앉으며 한숨을 쉬었다.

"빨치산들이 쳐들어왔었습니다."

"총소리를 듣고 알아차렸습니다."

"안 놀라셨습니까?"

"여기서는 흔히 있는 일이라서요."

차혁주는 세상일에 초월한 듯한 오정운의 말에 주저하다가 입을 열었다.

"죽은 아이들이 나타났습니다."

오정운은 차혁주의 말을 듣고도 놀라거나 비웃지 않았다. 그는 읽고 있던 책을 조용히 옆으로 치우며 깍지를 낀 채 물었다.

"아랫골에 사는 무당처럼 귀신을 보십니까?"

"그렇다고 봐야 할 것 같습니다."

"마치 자기 일이 아닌 것처럼 얘기하시는군요."

빙그레 웃는 오정운의 말에 차혁주는 고개를 절레절레 저었다.

"그걸로 제가 얼마나 큰 고통을 겪는지 아신다면 그렇게 웃지 못하실 겁니다."

"누구나 고통과 비밀은 있는 법이니까요. 안 그래도 지주위원회 사람들이 중위님이 귀신을 볼 줄 알아서 여기로 쫓겨왔다고 수군거리는 걸 들었습니다."

"아이들의 혼령을 보지 않기 위해서는 범인을 찾아야만 합니다. 그러면 원한을 잊고 이승을 떠나거든요."

"결국 중위님이 범인을 찾아야만 문제가 해결되겠군요."

"그렇습니다. 빨치산들이 물러나고 증원 병력이 왔으니 당분간 조용할 것 같습니다."

오정운은 이야기를 들으며 잠시 눈을 감고 생각하다가 입을 열었다.

"사건을 조사하기 적당한 시간이군요."

"그래서 부탁을 드리려고 찾아왔습니다. 조사를 도와주십시오."

오정운은 마치 예상하고 있었다는 듯 자리에서 일어나 서가에서 새로운 책을 뽑았다. 그리고 자리로 돌아오면서 말했다.

"죄송하지만 어려울 것 같습니다."

"저 혼자서는 무리입니다. 아는 사람도 없고, 지리도 잘 몰라서 말입니다."

"중위님 정도면 읍내 사람들 중에 모르는 사람이 없을 겁니다.

괴짜라고 찍힌 저랑 다니는 게 오히려 손해일 겁니다. 대신 단서를 찾아오시면 상의 정도는 함께하겠습니다."

"서점 밖으로 나가는 걸 두려워하시는 것 같군요."

차혁주의 질문에 오정운은 쓴웃음을 지으며 서점 입구를 바라보았다.

"저에게는 저곳이 전쟁터니까요. 보여드릴 게 있습니다."

의자에서 일어난 오정운이 서점 구석으로 걸어가 먼지투성이 천을 걷어냈다. 그러자 학교에서 쓰는 흑판이 나타났다.

"뭡니까?"

"저도 개인적으로 조사를 좀 해둔 게 있습니다."

분필로 글씨를 적어놓은 흑판을 어렴풋이 본 차혁주는 지포 라이터를 켰다. 그는 내용을 읽고 중얼거렸다.

"아이들이군요."

흑판에는 죽은 네 아이의 이름과 나이, 죽은 장소와 시간, 부모의 이름과 사는 곳이 빼곡히 적혀 있었다. 차혁주가 그 내용을 기억하는 동안 오정운이 다가왔다.

"죽은 순서대로 정리해둔 겁니다."

"처음이 4월이고, 5월에 두 명, 그리고 6월은 건너뛰고, 제가 오고 나서 마지막으로 효숙이라는 아이가 죽었군요."

"더 있을지 모르겠지만 일단 알려진 건 네 아이입니다."

"공통점이 뭘까요?"

"가장 나이가 어린 동철이가 다섯 살이었고, 효숙이가 여덟 살이었습니다."

"남자아이 하나에 여자아이 셋이고, 모두 읍내에 살았습니까?"

"마지막에 죽은 효숙이가 좀 떨어진 동구골에 살았고, 나머지는 읍내에 집이 있었습니다."

"흉기는 모두 칼이었습니까?"

차혁주의 물음에 오정운이 고개를 끄덕였다.

"정확히는 모르겠습니다. 시신을 염한 장의사에게 물어봤는데, 말해줄 수 없다고 하더군요."

"모두 같은 장의사가 장례를 치렀습니까?"

"전쟁이 터지고 모두 구례군이나 대처로 피란을 떠났고, 딱 한 군데만 남았습니다."

"어디에 있습니까?"

오정운은 흑판 한쪽 구석에 그려둔 운해읍의 지도를 짚어가며 설명했다.

"삼거리 왼쪽으로 가면 고무신 파는 곳이 있는데, 거기 옆입니다. 간판 같은 건 없습니다."

"용의자가 나온 적은 없습니까?"

차혁주의 질문에 오정운은 고개를 저으며 대답했다.

"손에 피를 묻힌 자 모두 용의자일 수밖에 없는 상황입니다.

살인이 시작된 시점이 작년 겨울 백선엽 장군의 공비 대토벌작전이 시작되고 운해읍에서 빨치산들이 물러난 직후였습니다."

"굉장히 어수선했겠군요."

"낮에는 대한민국이었고, 밤에는 조선민주주의인민공화국이었죠. 낮이 물러가면 밤이 와서 사람을 죽였고, 밤이 사라지면 낮이 와서 또 사람들을 죽이는 날이 오랫동안 반복되었습니다."

"그런 상황이니 아이가 죽어도 아무도 신경을 안 썼군요."

"저 빼고는 아무도 눈치채지 못했습니다. 다들 보복이라고만 여겼죠."

오정운의 말을 듣고 곰곰이 생각에 잠겼던 차혁주가 물었다.

"그렇게 판단하지 않은 이유가 무엇입니까?"

"빨치산들은 보통 인민재판을 열어 공개적으로 처형하거나 총살 혹은 죽창으로 죽이지, 난도질하지는 않았습니다. 어린아이들은 잘 해치지 않았고요. 그건 국군이나 경찰도 마찬가지입니다. 죽음을 보복과 공포의 수단으로 이용했지 잔혹함의 찌꺼기로 이용하지는 않았습니다."

"결국 살인이 일상적으로 벌어지는 것을 이용해 살인마가 아이들을 죽이고 다닌다고 봐야겠군요."

차혁주가 내린 결론에 오정운은 가만히 고개를 끄덕이는 것으로 동조했다.

"읍내에 사는 사람일 겁니다. 아이들에게 자연스럽게 접근해도 의심을 사지 않을 인물 말입니다."

"죽은 아이들의 신원과 주변을 조사하다보면 단서가 나올지도 모르겠군요."

차혁주의 말에 오정운이 쓴웃음을 지었다.

"그러길 바랄 뿐입니다."

사라진 아이들

 다음날 차혁주가 맨 처음 찾은 곳은 아이들의 시신을 염한 장의사였다. 그는 오정운이 가르쳐준 데를 찾아가 굳게 닫힌 문밖에서 서성거렸다. 일본식 기와를 얹은 건물에 있는 장의사는 오정운의 말대로 아무런 표지가 없었지만 문에 붙은 부적들로 알 수 있었다. 기다리다 지쳐 담배를 피우기 위해 주머니에 손을 넣는 순간 드르륵거리는 소리와 함께 문이 열렸다.
 "뉘슈."
 누런 삼베로 만든 바지저고리에 고무신을 신은 노인의 물음에 차혁주는 황급히 대답했다.
 "민보단 책임자 중위 차혁주입니다."
 차혁주는 노인이 고개를 돌리면서 드러난 뺨과 목덜미의 불에

덴 듯한 흉측한 흉터를 보고 깜짝 놀랐다. 한쪽 눈도 아예 없는 노인은 그런 시선이 익숙하다는 듯이 아무렇지 않은 표정으로 물었다.

"이번에 빨갱이들이랑 싸울 때 민보단에서 사람이 죽었는가?"

"다친 사람만 있지 죽은 사람은 없습니다. 뭣 좀 여쭤볼 게 있어서 찾아왔습니다."

"여긴 죽은 사람을 맞이하는 곳이라 산 사람을 맞이해도 되는지 모르겠구먼. 아무튼 할 얘기 있으면 들어오시게."

장의사는 입구가 낮아 허리를 숙여야만 들어갈 수 있었다. 대낮인데도 어두컴컴했다. 차혁주는 앞이 보이지 않아 잠시 어둠에 눈이 익기를 기다리다가 장의사 안에 나무로 짠 관들이 죽 늘어서 있는 것을 보고 살짝 겁을 먹었다. 벽에 매달린 대나무 장대에는 삼베들이 주렁주렁 걸려 있었다. 접는 의자를 가져와 그의 앞에 놓은 노인이 껄껄 웃었다.

"듣기로는 용감하게 싸웠다더니 겁이 많군."

"그래서 제가 지금까지 살아남을 수 있었습니다."

맞은편에 있는 관 뚜껑에 걸터앉은 노인이 곰방대를 꺼냈다. 차혁주는 지포 라이터로 불을 붙여주었다. 길게 한 모금을 빤 그가 이가 몇 개 남지 않은 잇몸을 드러내며 웃었다.

"난 아무리 해도 궐련보다는 곰방대로 피우는 담배가 더 좋더군. 그래 궁금한 게 뭔가?"

"올봄부터 아이들이 차례대로 죽었고, 그 아이들의 시신을 어르신이 염하셨다고 들었습니다."

노인은 한동안 침묵을 지켰다가 고개를 끄덕였다.

"지금도 그렇지만 그때 읍내에 장의사는 나 혼자뿐이었네. 그 전에는 세 군데가 있었지만 전쟁이 나자 문을 닫고 전주로 가거나 부산으로 피란을 갔지."

"아이들은 어땠습니까?"

"그걸 왜 물어보나?"

차혁주는 하나밖에 없는 눈으로 의심스러운 시선을 건네는 노인에게 조심스럽게 말했다.

"정상적인 죽음이 아니라서 조사중입니다."

"요즘 제명에 죽는 사람이 몇이나 된다고."

노인이 코웃음치고 깔고 앉은 관 뚜껑을 쓰다듬으며 덧붙였다.

"죽은 자는 말이 없고, 사연은 잊어버리는 게 좋아. 그걸 붙들고 있다가는 제정신으로 못 산다 이 말이야."

"사람이 죽는 게 당연한 시대라고 해도 이유 없이 죽는 것은 막아야 하지 않겠습니까?"

"무슨 수로? 사람 목숨이 파리 목숨만큼 하찮은 시대일세."

"그럼 아이들이 난도질을 당해서 죽는 걸 그냥 지켜보란 말입니까?"

차혁주가 참다못해 화를 내자 노인은 곰방대를 대나무로 만든 재떨이에 걸쳐놓았다.

"우리가 피도 눈물도 없는 사람이라 모른 척하는 게 아닐세."

차혁주는 진실을 밝히기를 꺼리는 듯한 노인의 태도를 보며 오정운이 왜 서점 밖으로 나오지 않고 은둔하는지 알 것 같았다. 그는 아랫입술을 질끈 깨물며 물었다.

"그럼 뭘 두려워하십니까?"

"두려워해야 할 모든 걸 두려워한다네. 총을 가진 자의 의심과 분노, 죽이라는 명령을 내릴 수 있는 자의 시선 같은 것 말이야. 읍내 사람들은 모두 거미줄에 걸린 파리 신세야."

노인은 곰방대를 도로 집어들고 어두운 허공을 바라보며 한숨을 쉬었다.

"날개를 파닥거리고 몸뚱이를 들썩거려도 결국은 거미줄에서 벗어나지 못하지. 남은 건 거미가 나 대신 다른 파리를 잡아먹고 배가 부르기만을 기원하는 것뿐이야."

"그럼 결국은 다 잡아먹히고 맙니다. 그전에 거미를 잡아야죠."

"무슨 수로 말인가? 읍내에서도 처음에는 올곧고 신망 얻은 사람들이 제법 있었지. 신문보급소를 운영하던 마석구랑 한의원을 하던 이한영, 그리고 건준 활동을 하던 채주철 같은 사람 말이네. 그들은 내가 만든 관에 들어갔네. 내가 염한 수의를 입고 말일세. 자네는 얼마 후에 이곳을 떠날 사람이 아닌가? 그러니 공연히 여기저기 들쑤시지 말고 조용히 있다가 떠나게."

차혁주는 차마 죽은 아이들의 혼령이 찾아온다는 이야기는 하지 못하고 다른 말을 꺼냈다.

"그러면 이런 건 어떨까요? 제가 헌병대에 가서 운해읍 읍민들이 빨치산과 내통하고 있고, 폭로하려는 주민의 자식들을 죽여서 입막음했다고 하면요."

"말도 안 되는 소리!"

"진실을 감추자는 것도 말이 안 되기는 마찬가지죠. 들쑤시다가 나에게 피해가 오는 걸 원치 않는다고 하셨죠? 역으로 모든 주민이 피해를 입게 되면 그때도 감추는 게 최선이었다고 얘기하실 겁니까?"

"우린 아무 죄도 없네. 그저 태극기를 보면 대한민국 만세, 이승만 대통령 만세를 외쳤고, 인공기를 보면 조선민주주의인민공화국 만세, 김일성 장군 만세를 외친 것밖에는 말이야."

"그 와중에 아무것도 모르는 아이들이 죽었죠. 거미줄의 파리가 되시겠습니까, 아니면 헌병대원과 만나시겠습니까?"

"잔인하군."

"그럴 수밖에 없는 시대니까요."

차혁주가 담담하게 대꾸하며 바라보자 노인이 입을 열었다.

"네 아이 모두 처참하게 난도질을 당해서 죽었네. 특히 마지막에 죽은 효숙이는 아예 온몸이 토막났지. 내 평생 그렇게 처참한 시신들은 처음 봤어."

"힘이 굉장히 셌다는 얘기군요. 흉기는 뭡니까?"

"처음에는 도끼라고 생각했는데, 아니었네."

"왜 그렇게 생각하셨습니까?"

"도끼로 사람을 찍으면 피부가 꽃잎처럼 확 벌어진다네. 그리고 뼈에 흔적이 남지. 칼은 쑤시거나 베어도 뼈를 상하게는 못 해."

"도끼가 아니라면 날카로운 칼이군요."

"그렇지. 도끼는 모르겠지만 칼은 어느 집에나 있는 거라서 그것만으로 범인을 지목하기는 어려워."

"다른 단서는요?"

"굉장히 거칠고 서툴러. 칼을 잡아보긴 했지만 도축을 해보거나 제대로 배운 자는 아닐세."

"그것도 흔적으로 알 수 있습니까?"

"시신에 난 칼자국들이 다 거칠고 너덜너덜해서 맞추느라고 힘들었어. 칼로 찌른 다음에 좌우로 비틀어서 살을 찢어버렸네. 그리고 배를 가르고 손발을 잘랐지."

"손발을 잘랐을 때 도끼 같은 걸 쓴 흔적은 없었나요?"

"관절을 베어냈을 뿐 뼈는 건드리지 못했네. 칼로 훼손한 흔적이 있는 걸 보면 처음에는 뼈째 잘라내려고 하다가 안 되니까 다시 관절 부위를 절단했어."

차혁주는 노인이 들려준 이야기를 차곡차곡 머리에 정리했다. 칼을 갖고 다니지만 전문적인 칼잡이는 아니라는 것, 힘은 세지만 경험은 부족하다는 것 정도로 용의자를 추릴 수 있을 것 같았다. 생각을 정리하는 그를 보며 노인이 슬쩍 말했다.

"그리고 이건 자네에게만 하는 얘기니까 어디 가서 하지 말게."

"알겠습니다."

"시신의 일부가 없어졌네."

"찾지 못했다는 말씀입니까?"

"그게 아니라……."

노인은 주저하다가 곰방대를 입에 물고 몇 모금 빤 후에 입을 열었다.

"첫번째 아이의 시신을 수습할 때 팔의 살 일부를 찾지 못했네. 두번째와 세번째 아이는 허벅지가 크게 도려내져 있었고, 네번째로 죽은 아이는 양쪽 허벅지가 더 크게 잘려나갔네."

차혁주는 마른침을 삼켰다. 시신들이 넘쳐나는 전쟁터에서는 종종 배고픔 혹은 광기에 못 이겨 시신 일부를 먹어치운다는 괴이한 소문이 돌곤 했다. 사실이 아니긴 했지만 그런 소문이 돌 때마다 장교로서 신경이 곤두섰는데, 후방인 지리산 인근 운해읍에서 그런 괴이한 일과 마주하리라고는 상상도 하지 못했다. 그가 아무 말도 못 하고 앉아 있자 노인이 곰방대를 재떨이에 탁탁 털면서 말했다.

"내가 해줄 수 있는 얘기는 이 정도가 전부야."

"마지막으로 하나만 더 여쭐게요. 아이들 손은 어땠습니까?"

"손이라니?"

차혁주는 방으로 찾아온 아이들이 손을 내밀었던 것을 떠올렸다. 분명 그냥 한 행동은 아니었다. 살인자를 알려줄 수 있는 어떤 단서를 보여주는 행동이었다. 하나는 불이었고, 다른 하나는 손이었다.

"손 말입니다. 아이들 손에서 특이한 걸 보셨는지요?"

잠시 생각에 잠겨 있던 노인은 고개를 저었다.

"없었네. 깨끗했어."

그 말을 듣는 순간 차혁주는 자신을 찾아온 아이들이 약속이나 한 듯 손을 내밀었던 것을 떠올렸다. 아이들이 보여주고 싶었던 것은 상처가 없는 깨끗한 손이었음이 분명했지만 그것이 살인자와 어떤 연관성이 있는지는 알 수 없었다.

차혁주는 노인의 배웅을 받으며 밖으로 나와 구름 낀 하늘을 올려다보면서 한숨을 쉬었다. 지저분한 구정물이 흐르는 거리 한쪽에서는 군용 모포로 만든 옷을 입은 아이들이 옹기종기 모여 흙장난을 하고 있었다. 먹고살기 바쁘고 살아남기 위해 애쓰는 어른들이 외면하고 무관심해하는 사이 아이들은 전쟁터에서보다 더 끔찍하게 죽어가고 있었다. 군복을 입은 차혁주가 지나가자 아이들은 잽싸게 일어나서 옆으로 물러났다. 그중 까까머리 남자아이 하나가 어설프게 경례했다. 그는 멈추어 서서 정중하게 경례를 받아주고 발걸음을 옮겼다.

  차혁주는 증원된 전투경찰들이 삼엄한 경계를 펴고 있는 읍사무소를 지나가면서 거리의 간판을 살펴보다가 걸음을 멈추었다. 검은색 페인트로 대서소라고 쓴 간판 옆에는 호적 전문이라고 조그맣게 덧붙여 있었다. 종이를 발라 안쪽을 볼 수 없게 만든 유리문을 밀고 들어가자 두툼한 안경을 쓰고 책상에 앉아 있던 사내가 고개를 들고 쳐다보았다. 그는 군복을 입고 카빈총을 멘 차혁주를 보고 말을 채 잇지 못하고 우물거렸다.
  "어서 오십시……."
  차혁주 역시 대서소 주인을 보고 놀라움을 금치 못했다. 전쟁이 터지기 전 서울의 반도호텔 부근에서나 볼 수 있었던 말끔한 신사복 차림의 마카오 신사*와 마주쳤기 때문이다. 심지어 포마드로 말끔하게 머리를 넘기기까지 했다. 대서소 주인은 어리둥절해하는 차혁주에게 책상 앞 의자를 권했다.
  "이리 앉으시지요."
  차혁주는 의자에 앉으며 책상에 놓인 명패를 슬쩍 보았다. 한자로 김광식이라고 쓰여 있었다.

---

* 광복 직후 홍콩과 마카오 등지에서 밀수한 옷감으로 만든 신사복을 입은 사람을 말한다.

"새로 오신 민보단 대장님 같은데, 여긴 어쩐 일이십니까?"

차혁주는 주저하다가 입을 열었다.

"중위 차혁주입니다. 아드님 일 때문에 왔습니다."

한동안 반응이 없었다. 파란색 저고리에 까까머리를 한 광철이는 운해읍에서 가장 먼저 죽은 사내아이이자 가장 어린 다섯 살이었다. 차혁주는 잉크병 뒤에 가려진 주먹이 부르르 떨리는 것을 보며 조심스럽게 덧붙였다.

"아드님 이름이 김광철 맞죠?"

"이미 지난 일입니다."

김광식이 떨리는 손으로 서랍을 열고 담배를 꺼내자 차혁주는 얼른 지포 라이터로 불을 붙여주었다. 김광식은 담배를 한 모금 깊게 빨아들이고 떨리는 목소리로 덧붙였다.

"생각하고 싶지도 않습니다."

"아드님 이후에도 다른 아이들이 연달아 죽었습니다. 마지막에 죽은 아이가 효숙이라는 여자아이였고요."

"알고 있긴 합니다."

"살인자는 저항하지 못하는 아이들만 골라서 죽였고, 현재도 멈춘 게 아닙니다. 그래서 범인을 찾아 다른 아이들이 살해되는 걸 막으려고 합니다."

차혁주는 아이들이 죽으면 혼령이 되어 나를 괴롭히기 때문에 그렇다는 말은 차마 하지 못했다. 대신 최대한 정의로운 척해야만 했다. 김광식은 차혁주의 이야기를 듣고 아무 말 없이 담배만 피웠다. 그러고는 처연한 눈길로 바라보며 입을 열었다.

"다 마누라 때문입니다."

"사건이 벌어진 날 말씀이십니까?"

차혁주의 반문에 그는 고개를 끄덕였다.

"내가 애가 자꾸 밖으로 나가려고 하니까 잘 보라고 신신당부했습니다. 그, 그날도 그렇게 얘기하고 대서소로 출근했죠."

"그게 올봄이었죠?"

"맞습니다. 빨갱이들이 읍에서 물러나고 한 달쯤 지났을 때로 기억합니다. 천만다행으로 대서소가 크게 파손되지 않아서 비교적 빨리 문을 열 수 있었습니다."

"사건이 발생한 건 언제 아셨습니까?"

"점심이 좀 지나서였습니다. 평소 집사람이 도시락을 싸서 보내줬는데, 그날따라 1시가 넘었는데도 오지 않아서 이상하다 싶어 바깥을 서성이는데, 어머니가 맨발로 달려오셔서는 아이가 보이지 않는다고 했습니다. 그래서 문을 닫고 집으로 가서 가족들과 함께 아이를 찾았죠."

차혁주는 대운서점 흑판에서 보았던 내용을 떠올렸다. '첫번째 희생자 김광철, 다섯 살 남자아이, 읍내에서 대서소를 운영하는 김광식의 외아들, 아침나절에 친구들과 개구리를 잡으러 간다고 나갔다가 밤중에 뒷산 관모바위 아래에서 발견.' 그는 기억을 잠시 접고 김광식의 이야기에 계속 귀를 기울였다.

"해가 떨어져도 도통 보이지 않아서 마을 사람들과 함께 횃불을 들고 산으로 가서 흩어져서 찾아보았습니다. 얼마 후 관모바위 쪽에서 발견했다는 외침이 들리더군요."

"거긴 어딥니까?"

"뒷산 쪽으로 가다가 버려진 우물이 있는 곳에서 왼쪽으로 샛길이 있습니다. 그 길을 따라서 산속으로 들어가면 나옵니다. 원래는 쉽게 못 찾는데, 거기에 누가 횃불을 가져다놔서 혹시나 하고 가봤다가 시신을 발견했다고 하더군요."

"현장으로 가셨습니까?"

"물론입니다. 어머니가 제대로 말씀을 못 하셔서 설마설마하고 달려갔는데, 아들이 바위 위에 놓여 있더군요. 피범벅이 된 채 말입니다."

"발견 후에는 어떻게 하셨습니까?"

"그 앞에서 목 놓아 울고 있는데, 읍내 사람들이 몰려와서 수군거리더군요. 그래서 정신이 번쩍 들어서 급히 사람을 보내 장의사를 불렀습니다."

"한쪽 눈이 없는 노인 말씀이시죠?"

김광식이 파리한 얼굴로 대답 없이 고개를 끄덕였다.

"평소에 누군가에게 원한을 사거나 협박을 받은 적이 있습니까?"

"전혀요. 제 자랑 같지만 저는 양심적으로 대서 업무를 합니다. 가격을 터무니없이 부른 적도 없고, 서류를 엉터리로 써준 적도 없습니다. 돈이 없다고 하면 닭이나 달걀로 대신 받은 적도 많고 말입니다."

"부인이나 집안 가족들은요?"

"어머니로 말할 것 같으면 억척스러우신 분입니다. 일찍 돌아가신 아버지를 대신해 우리 형제들을 키우셨죠. 하지만 돈놀이 같은 건 하지 않으셨습니다. 자식들이 출세하는 데 지장을 준다면서 일절 손대지 않으셨죠. 집사람 역시 그냥 평범합니다."

"아드님이 변을 당하기 전 이곳이나 집 근처에 수상한 사람이 나타나지는 않았습니까?"

"손바닥만한 읍내라서 들고 나는 사람이 금방 눈에 띕니다. 중위님처럼요."

차혁주는 직접 겪어보았기 때문에 수긍할 수밖에 없어 고개를 끄덕였다. 결국 범인은 읍내 사람이라는 결론이 자연스럽게 내려졌다. 그사이 김광식이 뿔테 안경을 벗고 손으로 눈자위를 꾹꾹 눌렀다.

"차라리 뭘 잘못 먹거나 사고가 났다면 하늘 탓을 하고 잊어버릴 수나 있지, 그렇게 자식이 죽고 나니까 하루하루가 정말 힘듭니다."

"그 마음 이해합니다. 마지막으로 하나만 더 여쭙겠습니다."

김광식이 벌겋게 충혈된 눈에 도로 안경을 쓰고 바라보자 차혁주가 물었다.

"현장에서 이상한 물건이나 눈에 띌 만한 걸 보셨습니까?"

"워낙 경황이 없어서 기억이 나지 않습니다."

더이상 할 이야기가 없다는 듯한 김광식의 표정에 차혁주는 의자에서 일어났다.

"알겠습니다."

문을 열고 나가려던 그에게 김광식이 주저하는 말투로 말했다.

"저, 부탁이 하나 있습니다."

차혁주가 반쯤 연 문을 한 손으로 잡은 채 고개를 돌리자 김광식이 단호하게 말했다.

"혹시 광철이를 죽인 놈을 찾게 되면 그놈을 꼭 죽여주십시오."

"법의 심판을 받게 하겠습니다."

차혁주의 대답에 김광식은 고개를 저었다.

"아뇨. 그러지 마시고 그 총으로 쏴버리세요. 그놈이 하루라도 더 사는 꼴을 보고 싶지 않습니다."

차혁주는 차갑고 단호한 김광식의 말에 고개를 끄덕였다.

차혁주는 두번째 희생자인 한무숙의 집으로 향했다. 대서소를 운영하는 비교적 부유한 집안에서 지낸 김광철과는 달리 한무숙은 가난한 집안에서 자랐다. 읍내 외곽에 다 쓰러져가는 초가집에 들어서자 측간에서 나오던 남자가 깜짝 놀랐다. 단추가 다 떨어진 낡은 국민복 차림의 그는 마당에 들어선 차혁주를 보더니 벌벌 떨었다.

"저는 빨갱이가 아닙니다. 제발 살려주십시오."

그 소리를 듣고 부엌에서 나온 몸뻬 차림의 중년 여성도 마찬가지로 차혁주에게 살려달라고 빌었다. 부모가 애원하자 마당 한 구석에서 놀고 있던 아이들도 덩달아 울음을 터뜨렸다. 난처해진 차혁주는 국민복 차림의 남자를 일으켜 세웠다.

"저는 누굴 잡으러 온 게 아닙니다."

남자의 눈에 안도감과 불안감이 교차했다.

"그, 그럼 어쩐 일로 오셨습니까?"

"따님 일 때문에 왔습니다."

"무숙이 일로 오셨다고요?"

차혁주가 고개를 끄덕이자 부부는 서로의 얼굴을 바라보았다.

몸뻬 차림의 부인은 툇마루에 앉은 차혁주에게 숭늉을 내왔다.

"집에 이것밖에는 없네요."

"괜찮습니다. 갑자기 찾아와서 실례가 많습니다."

아니라고 손사래를 치며 물러난 아내의 뒷모습을 바라보던 무숙이 아버지가 입을 열었다.

"한석구라고 합니다. 저는 강제로 끌려갔다가 도망쳐온 애국

시민입니다. 절대로 빨갱이들과 가깝지도 않고 동조하지도 않습니다."

침을 튀겨가며 말하는 그의 눈빛에는 간절함이 깃들어 있었다.

"빨치산들에게 잡혀갔었습니까?"

"올해 초에 구례에 갔다가 돌아오는 길에 잡혀갔습니다. 이리저리 끌려다니다가 지리산 천왕봉 근처 대성골로 가더라고요. 거기에 빨치산들이 득실득실했습니다."

"왜 모인 겁니까?"

"국군 토벌대에게 쫓겨 사방팔방 흩어져 있던 빨갱이들이 다 모인 겁니다. 그리고 세상에……."

한석구가 부들부들 떨다가 고개를 절레절레 저었다.

"무슨 일이 있었습니까?"

"우박처럼 포탄이 떨어지고, 비행기에서 네이팜인가 뭔가를 떨어뜨렸습니다. 사방이 눈인데도 불이 꺼지지 않아서 빨치산들이 숱하게 타 죽었습니다. 정신없이 이리 뛰고 저리 뛰다가 바위틈에 숨어 있었는데, 국군이 나타나서 손들고 나왔습니다. 전 총한 방 쏴본 적 없고, 그냥 끌려다녔을 뿐입니다."

"그걸 조사하러 온 게 아니라 따님 때문에 왔습니다."

차혁주는 이야기가 계속 겉돌까봐 일부러 딱딱하게 말했다. 그러자 한석구가 고개를 숙였다.

"죽은 딸년 일은 왜 물어보십니까?"

"범인을 찾는 중입니다. 따님을 비롯해 읍내 아이들이 계속 변을 당하고 있거든요. 그래서 조사중입니다."

"딸년을 죽인 건 빨갱이가 틀림없습니다."

"그래서 확인 차 찾아뵌 겁니다."

'한무숙, 나이는 일곱 살, 성별은 여자, 5월 초 닷새, 산에 놀러 갔다가 실종되고 변사체로 발견됨.' 두번째 피살자였다.

"그날 일을 말씀해주십시오."

"거기 갔었습니다. 재암고개."

"재암고개면 구례에서 넘어오는 고개 아닙니까?"

"맞습니다. 빨치산들이 고개에 숨어 있다가 지나가는 차를 습격한다고 해서 고갯길에 올라가서 주변을 살피고 안전하면 깃발을 흔들어주는 일을 했습니다."

"혼자 하셨습니까?"

"아닙니다. 경찰 네 명이랑 마을 사람 한 명이랑 같이 올라갔습니다. 하루종일 고갯길에서 깃발을 흔들어주다가 돌아왔는데, 집안이 발칵 뒤집혀 있었습니다. 여편네한테 물어봤더니 막내딸이 친구들이랑 나물 캐러 고리산에 갔다가 죽었다고 해서……."

말끝을 흐린 한석구가 딸꾹질했다. 차혁주는 그가 진정되기를 기다리면서 숭늉을 한 모금 마셨다.

"따님이 죽었을 때 경찰이 나와서 조사했습니까?"

"아이고, 신고도 하지 말라고 했습니다. 괜히 또 이상하게 잡혀 들어갈지도 몰라서요."

"시신은 어땠습니까?"

"말도 마십시오. 어찌나 쑤셔댔는지 내장이 다 빠져나왔더라고요. 그 어린것이 무슨 지가 있다고……."

"친구들과 산에 올라갔다고 했는데, 왜 혼자만 변을 당한 겁니까?"

"딴 아이들은 해가 떨어지기 전에 내려갔는데, 혼자서 나물을 더 캤다고 남았답니다. 나중에 보니까 한쪽 손에 나물을 움켜쥐고 있었다고 했습니다."

"다 내려가고 혼자 남은 게 몇 시쯤이었습니까?"

"5시에서 6시 사이랍니다. 저는 7시 넘어서 집에 돌아왔고요."

땅이 꺼져라 한숨을 쉰 그의 대답에 차혁주는 머리에 든 생각들을 정리하면서 물었다.

"따님이 죽은 산에서 혹시 수상한 사람을 본 사람은 없답니까?"

"안 그래도 무숙이랑 같이 나물을 캐러 갔던 아이들에게 물어봤는데, 숲속에서 누군가 자기네들을 지켜보는 것 같더랍니다."

"누가요?"

"숲속에 있어서 얼굴을 못 봤답니다. 사실 사람인지 아니면 산짐승인지도 모르는데, 아무튼 자기네들이 움직이면 숲속에서 가만히 따라왔더랍니다. 그래서 다들 일찍 내려왔던 거죠."

"혹시 주변에 의심 가는 사람은 없습니까?"

"당연히 빨갱이 짓 아니겠습니까? 숲속에 숨어 있다가 우리 딸을 죽인 겁니다."

한석구는 확신에 찬 표정으로 주먹을 불끈 쥐었다. 하지만 차혁주는 속으로 아니라고 생각했다. 빨치산들이 보급 투쟁이 아니라 단순히 보복을 위해서 움직였을 것 같지는 않았다. 속마음을 숨긴 그는 몇 가지를 더 물어보았지만 김광식 때처럼 별다른 단서를 얻지는 못했다. 무엇보다 괴로웠던 것은 아이들의 죽음을 연결할 만한 연결고리가 없다는 점이었다. 한석구가 어두운 그의 표정을 보고 땅이 꺼져라 한숨을 쉬었다.

"저는 정말 죄가 없습니다. 다 빨갱이들 탓이라고요."

차혁주는 더 물어보아도 소용없다는 것을 깨닫고 자리에서 일어났다. 싸리문을 나서는데 누군가 뒤에서 불렀다. 고개를 돌려보니 아까 숭늉을 대접한 한석구의 아내였다.

"저……."

"말씀하십시오."

"읍내에 이상한 소문이 돌고 있던데요."

"어떤 소문 말입니까?"

"그, 그러니까 중위님이 귀신을 본다는 소문이요."

"헛소문입니다."

그가 딱 잘라 말하고 돌아서자 한석구 아내가 울먹거리며 말했다.

"혹시나 우리 딸 보면 미안하다고, 다음에는 꼭 부잣집에서 태어나라고 전해주세요. 어미가 해준 게 없어서 정말 미안하다고 해주세요. 아이고, 우리 딸 불쌍해서 어쩌나."

말인지 아니면 한탄인지 모를 그녀의 말을 듣는 차혁주의 마음은 마구 헝클어졌다. 딱히 정의감이나 복수심보다는 아이들의 혼령이 찾아오는 것을 멈추기 위해 이 일에 뛰어들었다. 하지만 아이들은 가족들의 삶에서 사라져버리면서 큰 상처와 아픔을 남겼다. 그리고 살인자가 읍내 사람이라면 그 광경을 보면서 은밀히 즐거워했을지도 모른다는 생각에 치가 떨렸다.

세번째와 네번째 희생자의 가족 역시 비슷한 이야기를 했다. 늦게까지 들어오지 않아서 걱정했는데, 그날 밤에 변사체로 발견되었고 수상한 사람이 나타나거나 이상한 징후는 없었다는 것이다. 그들의 말이 진짜인지 아닌지는 알 수 없었지만 왜 그런 이야기를 하는지는 알 수 있었다. 운해읍처럼 외지인이 뜸한 곳에서 갈등은 대부분 주변 사람들과 벌어진다. 따라서 감추고 잊어버려야 했다. 설사 그것이 눈에 넣어도 아프지 않을 자식의 죽음이라고 해도 말이다. 삶을 이어가기 위해 죽음을 외면해야 하는 상황은 도처에서 벌어지고 있었기 때문에 어느 정도 각오는 했지만 단서를 찾지 못했다는 사실에 씁쓸했다.

차혁주는 희생자 가족들을 모두 만나고 돌아오는 길에 관모바위가 있어서 들러보기로 했다. 그는 버려진 우물이 있는 갈림길에서 왼쪽 오솔길로 빠져나가면서 김광식에게 들은 이야기를 떠올리며 위로 올라갔다. 길은 금방 사라졌지만 중간에 인적이 있어 그나마 길을 잃지 않을 수 있었다. 산을 향해 구불구불하게 이어지던 길은 대숲에서 끝나 있었다. 다행히 대나무 위로 관모처럼 솟은 바위 끄트머리가 보였다. 어른 팔뚝만한 대나무는 하늘 높이 치솟아 대낮인데도 몹시 어두웠다. 게다가 바닥에 수북이 깔린 댓잎과 튀어나온 바위 때문에 몇 번이나 넘어질 뻔했다.

겨우 대숲을 헤쳐나온 차혁주는 관모바위에 도달했다. 이름 그대로 관모처럼 생긴 바위는 중간 즈음이 평평했다. 부서진 돌 틈을 밟고 올라가자 여기저기 말라붙은 핏자국이 눈에 들어왔다. 한눈에 보아도 검붉게 말라붙은 핏자국이 상당히 많았다. 차혁주는 바위에 올라서서 주변을 돌아보았다. 대숲에 둘러싸이고 길도 없는 터라 그냥 찾아오기는 힘든 곳이었다. 그래서 이곳에 시신을 유기한 것은 충분히 납득할 만했다. 하지만 기껏 이곳에서 살인을 저질러놓고 횃불을 가져다놓아 사람들에게 발견하도록 했다. 그것은 자신의 정체가 발각되지 않으리라는 자신감과 누군가에게 시신을 보여주기 위해서였을 것이다. 물론 그 대상은 부모를 비롯한 가족이었다. 차혁주는 허리를 굽혀 말라붙은 핏자국을 손끝으로 만져보며 답답한 마음에 죽은 광철이의 혼령이라도 나오기를 기다렸다. 하지만 아무리 기다려도 나타나지 않았다.

차혁주는 민보단 사무실로 돌아와 잠시 업무를 처리했다. 그는 파견 온 전투경찰대가 일부 철수하면서 M1 소총과 수류탄을 넘겨주면서 무장이 든든해졌다며 활짝 웃는 김삼복에게 내일 사격 훈련을 실시하겠다고 말했다. 김삼복이 밖으로 나가려는 그에게 물었다.

"아까 어디 다녀오셨습니까?"

"그냥 주변을 좀 돌아봤어."

"아직 빨치산들이 준동하니까 다음에 가실 때는 말씀해주십시오. 사람을 좀 붙여드리겠습니다."

"알겠네."

차혁주는 대충 대답하고 거리를 가로질러 대운서점으로 향했다. 은하수다방을 지나가는데 손님을 배웅한 방울이가 알은척했다.

"어머! 중위님! 커피 한잔하러 오세요!"

차혁주는 가벼운 미소로 응대하고 발걸음을 옮겼다. 그는 여전히 불이 켜져 있지 않은 대운서점으로 들어갔고 오정운은 변함없이 어둠 속에서 책을 읽고 있었다.

"이번에는 무슨 책을 읽으십니까?"

알아서 의자에 앉은 차혁주의 물음에 오정운이 고개를 들었다.

"연희전문학교 교수였던 백남운이 쓴 『조선사회경제사』입니다."

"그 사람 월북하지 않았습니까?"

"그래서 구하는 데 애 좀 먹었습니다."

차혁주는 월북한 학자의 책을 읽는 것을 대수롭지 않게 생각하는 오정운의 태도를 보면서 그가 왜 밖으로 나가지 않으려 하는지 알 수 있을 것 같았다. 사각거리는 소리와 함께 책장을 넘긴 오정운이 물었다.

"다 만나보셨습니까?"

"장의사부터 피해자 가족들을 모두 만나보고 현장 중에 한 곳인 관모바위도 들러봤습니다."

"현장에 뭐가 있었습니까?"

"핏자국 정도밖에는 없었습니다."

사실 현장에 가면 혼령들이 기다리고 있는 경우가 많아서 진짜로 피하고 싶었지만 범인을 찾기 위해서는 어쩔 수 없었다.

"단서가 될 만한 게 있었습니까?"

질문을 받은 차혁주는 자리에서 일어나 흑판 쪽으로 걸어갔다. 그리고 몽당연필처럼 짧은 분필을 들어 빈구석에 써내려갔다. 그는 흑판에 적힌 살인 장소들을 바라보며 그곳을 떠올렸다. 누군가 은밀히 숨어서 목표물을 감시하기 좋거나 고립시킬 수 있는 장소였다. 아이들은 불쑥 나타난 어른을 의심했겠지만 익히 아는 얼굴이었기 때문에 안심했을 것이다. 그것이 아니라고 해도 두려움에 떨다가 어쩔 수 없이 무력하게 당했을 것이다. 살인자는 아이들을 처참하게 살해하고 시신을 토막토막 잘라 사방에 흩뿌려놓았다. 그는 숨을 고른 뒤 입을 열었다.

"일단 칼을 흉기로 사용했습니다. 그리고 피살자의 신체 일부가 사라졌습니다."

그 말을 들은 오정운이 움찔하는 바람에 의자가 삐걱거렸다.

"범인이 식인했다는 말입니까?"

"잘 모르겠습니다. 그냥 신체를 훼손하고 멀리 버렸을 수도 있습니다만 어쨌든 시신을 훼손했다는 공통점이 있습니다. 그리고 피해자가 반항한 흔적이 없었던 것 같습니다."

"확신하시는 겁니까?"

"장의사 노인 말로는 시신의 손들이 모두 깨끗했다고 했습니다. 보통 낯선 사람이 해치려고 하면 맨손으로라도 저항하기 마련이고, 그때 손 여기저기에 상처가 남습니다. 그런 흔적이 없다는 것이 뭘 의미할까요?"

차혁주의 물음에 오정운이 책을 덮고 곰곰이 생각하다가 입을 열었다.

"아는 사람이군요."

"맞습니다. 얼굴을 알고 있어서 별다른 의심 없이 가까이 다가갔다가 목숨을 잃은 것이죠. 두번째로 죽은 무숙이의 경우는 숲에서 지켜보고 있다가 다른 아이들이 모두 내려가고 난 후에 모습을 드러낸 것 같습니다."

"마치 맹수가 사냥감을 기다리는 것처럼 말입니까?"

차혁주는 고개를 끄덕이며 대답했다.

"아마 그 심정이었을 겁니다. 그리고 공통점이 하나 더 있습니다."

"그게 뭡니까?"

"살인이 벌어진 시간이 모두 해가 진 다음이었습니다."

오정운은 차혁주의 말을 듣고 쓴웃음을 지었다.

"결국 읍내 사람이 범인이군요. 밤중에 읍내로 누군가 들어올 수는 없으니까요."

"게다가 살인이 일어난 장소들은 처음 간 사람은 찾기 어려운 곳들입니다."

"은밀히 살인을 저질렀군요."

"하지만 시신이 발견된 장소는 눈에 잘 띄거나 잘 띄도록 했습니다."

"그건 무슨 뜻입니까?"

"첫번째 살인이 벌어진 관모바위는 대숲에 둘러싸여 있고 바위 중턱에 있어서 접근이 어려운 곳입니다. 하지만 그곳에 횃불을 놔두어 사람들 눈에 잘 띄게 했죠."

"왜 그랬을까요?"

오정운의 물음에 차혁주는 확신하듯 말했다.
"자랑하기 위해서일 겁니다."
"살인을 저질렀다는 걸 말입니까?"
그가 고개를 끄덕이자 오정운이 고개를 절레절레 저었다.
"맙소사."

깊은 밤

 차혁주는 사무실로 돌아와 간단히 배를 채우고 2층 숙소로 올라갔다. 그는 문을 닫고 침대에 걸터앉아 혹시나 아이들이 나타나지 않을까 주변을 돌아보았다. 아무도 없다는 것을 확인하고 머리를 감싼 채 생각에 잠겼다. 장의사 노인과 피살된 아이들의 가족을 만나 몇 가지 단서를 얻었지만 그것만으로는 부족했다. 읍내 사람들은 서로 알고 지냈고 그중 칼을 갖고 다니는 사람은 한둘이 아니었다.
 차혁주는 머리가 지끈거려 군화를 벗고 그대로 침대에 누워 눈을 붙였다. 남들과 다른 삶은 곧 고통을 의미했다. 이런저런 생각으로 잠이 오지 않아 몸을 뒤척이고 있을 때 이상한 바람소리에 눈을 떴다. 창문과 문을 닫은 상태였기 때문에 신경이 바짝 곤두었다. 조심스럽게 눈동자를 굴려 창문을 보았지만 열린 흔적은 보이지 않았다. 반대편에 있는 문 쪽으로도 시선을 돌렸지만 역시나 이상한 점은 눈에 띄지 않았다. 잠결에 잘못 들었다고 생각하고 다시 눈을 감으려는 찰나 문고리가 아주 미세하게 돌아가는 것이 보였다. 아주 끈기 있게 조금씩 돌려 낡은 문고리에서 나는 소리를 최대한 죽이려는 행위였다. 순간 머리카락이 곤두선 차혁주는 카빈총이 있는 책상 쪽을 쳐다보았다. 어느 때라면 침대에 기대놓았을 테지만 서둘러 잠을 청하느라 미처 정리하지 못했다. 침대에서 몸을 일으켜 카빈총이 있는 책상으로 가는 것보다 정체불명의 침입자가 문을 열고 들어와 공격하는 것이 더 빠를 듯했다. 창문을 열고 도망칠까도 생각했지만 별로 현명한 계획은 아닌 것 같았다. 맨발로 2층에서 뛰어내리다가 다리를 다치면 도망가지도 못하고 잡힐 확률이 높았다. 무엇보다 침입자 패거리가 얼마나 있는지 모르는 상황이었다. 결국 최선은 카빈총을 갖고 버티는 수밖에 없다는 생각에 조심스럽게 몸을 굴려 침대에서 빠져나올 준비를 했다. 바닥이 나무라서 발을 딛는 순간 삐걱거리는 소리가 날 것이 뻔했기 때문에 최대한 빨리 책상에 있는 카빈총을 잡아야 했다.

  차혁주는 심호흡하고 침대에서 내려오자마자 책상으로 손을 뻗었다. 하지만 문밖 침입자는 미리 예측이나 한 듯 문을 벌컥 열어젖히고 카빈총을 잡으려는 차혁주의 손등에 칼을 꽂았다. 살과 뼈를 관통하는 둔탁한 소리가 어둠 속에 낮게 울려퍼졌다. 차혁주는 손등에 파고든 칼과 흐르는 피를 보고 나서야 뒤늦게 고통을 느꼈다. 너무 고통스러워 비명조차 나오지 않았다. 그사이 침입자가 카빈총을 집어 문 옆으로 치워버렸다.

"아따, 후방이라고 너무 안심하신 거 아닙니까?"

비아냥거리는 콧소리가 너무나 익숙해 고개를 든 순간 차혁주는 경악하고 말았다. 김삼복은 그런 차혁주를 보며 히죽 웃었다.

"놀라셨습니까?"

"왜?"

겨우 외마디만 내뱉은 차혁주에게 김삼복이 고개를 절레절레 흔들었다.

"여긴 평화로운 시골 마을입니다. 사람이 죽고 사는 건 모두 다 이유가 있지요. 그런데 중위님은 그걸 무시하고 너무 날뛰셨어요."

"사람이 죽는 데 합당한 이유는 없어."

가까스로 입을 연 차혁주는 손등에 박힌 칼을 뽑으려고 애썼지만 쉽지 않았다.

"중위님이 운해읍에 대해 얼마나 아시는데요? 우리가 지주위원회 등쌀에 시달리는 무지렁이라고 생각하시죠? 아니라니까요."

김삼복이 담담하게 이야기하고 허리춤에서 다른 칼을 꺼내들었다. 어둠 속에서 퍼렇게 날이 선 칼이 번쩍거렸다.

"아이들이 죽은 걸 이렇게 덮어야 하는 이유가 뭐야?"
 "부모가 잘못하면 자식이 죽어야지요. 그래야 다시는 어리석은 짓을 안 합니다."
 "미쳤군."
 "그럼요. 미쳐야지 살 수 있는 세상 아니겠습니까?"
 김삼복이 다가와 차혁주의 목을 움켜잡고 목덜미에 칼을 쑤셔 넣었다. 얼음같이 차가운 칼날이 살갗을 찢고 안으로 파고들자 무시무시한 통증이 밀려왔다. 그 고통에서 벗어나기 위해 발버둥 쳤지만 한쪽 손이 칼에 박혀 꼼짝하지 못했다. 통증이 점점 몸속 깊이 전해지면서 혀가 굳었다. 등줄기를 타고 뜨끈한 피가 흘러내리는 것이 느껴졌다. 어떻게든 살아야겠다는 의지는 칼날이 몸속으로 파고들면서 차츰 희미해졌다. 꺼져가는 의식 너머로 김삼복의 목소리가 들렸다.
 "잘 가십시오. 빨치산 손에 죽었다고 하고 장례는 성대하게 치러드리겠습니다."

 마지막 비명은 발화되지 못하고 안으로 삼켜졌다. 그 순간 막혔던 숨이 터져나왔다. 차혁주는 화들짝 놀라 침대에서 벌떡 일어났다. 땀에 젖은 목덜미가 멀쩡하고 카빈총이 아직 책상 위에 놓여 있는 것을 보았는데도 안심하지 못하고 손바닥에 아무런 상처가 없는 것을 확인한 다음에야 그제야 비로소 꿈이었음을 인지

했다. 차혁주는 숨을 길게 몰아쉬고 몸을 일으킨 뒤 다시 한번 문이 잠긴 것을 확인하고 책상 위에 놓은 카빈총을 집어 침대 머리맡에 기대어놓았다. 그리고 한동안 굳게 닫힌 문을 노려보았다. 죽음이 일상화된 이곳에서 가족 품을 떠난 아이들의 한을 풀어주는 것이 어떤 의미가 있는지 꿈을 통해 다시금 생각해보았다. 밤새 뜬눈으로 지샌 차혁주는 새벽이 되어서야 겨우 잠이 들었다. 하지만 그것도 잠시, 쿵쿵거리며 계단을 밟는 소리에 눈을 번쩍 뜨고 머리맡에 놓아둔 카빈총을 집어 문 쪽을 향해 겨누었다. 문을 열고 들어선 김삼복은 자신을 겨눈 총구를 보고 마른침을 꿀꺽 삼켰다.

"큰일이 났습니다."

"무슨 일인데?"

차혁주의 미심쩍어하는 물음에 김삼복이 잠시 주저하다가 입을 열었다.

"운심이 딸 자청이가 사라졌답니다."

"그게 누군데?"

"지서장 이운창의 첩이 운심입니다."

비로소 상황이 이해가 된 차혁주는 카빈총을 내려놓았다.

"언제?"

"어제부터 안 보였답니다. 경찰들이 읍내를 들쑤시고 있는 중입니다."

"다른 아이들이 없어졌을 때는 코빼기도 안 비치더니 말이야."

그가 코웃음치자 김삼복이 발을 굴렀다.

"그렇게 손 놓고 있을 상황이 아닙니다. 서북청년단 장상천이 이 일을 빌미로 다시 움직이려고 합니다."

"범인을 찾는다고 하면서?"

김삼복이 대답 대신 고개를 끄덕이며 덧붙였다.

"사실은 운심이가 중위님을 불러달라고 부탁했습니다."

"둘이 아는 사이였군."

"운심이를 모르면 운해읍 사람이 아닐 정도였으니까요. 제 여동생의 친구이기도 하고 말입니다."

차혁주는 땀에 젖은 목덜미를 손으로 훔친 뒤 모자를 쓰고 카빈총을 챙겼다. 그리고 옆으로 물러난 김삼복에게 물었다.

"혹시 자네 칼 잘 쓰나?"

"네?"

김삼복이 영문을 모르겠다는 표정을 지으며 반문하자 차혁주는 쓴웃음을 지었다.

"아니야."

거리는 혼란스러웠다. 구호물자를 배급해준다는 벽보가 바람에 찢겨 너덜너덜하게 붙어 있는 읍사무소 앞에서는 목탄 트럭이 한 대 서 있었다. 구례군에서 구호물자인 밀가루 포대를 싣고 온 모양이었다. 읍사무소 밖에는 소식을 듣고 몰려온 주민들로 북적였다. 김삼복이 그들을 뚫고 차혁주를 데리고 간 곳은 하얀 담장의 2층 문화주택이었다. 지난번 참호 공사를 마치고 돌아왔을 때 2층에서 한 여인이 내려다보았던 곳이자 빨치산들이 쳐들어왔던 날에 누군가 은밀히 빠져나갔던 바로 그 집이었다. 둥근 쇠고리가 달린 철제 대문은 반쯤 열려 있었고 경찰과 서북청년단 패거리가 드나들면서 어수선했다.

대문 안으로 들어서자 일본식으로 꾸며진 정원이 보였다. 작고 아담한 석탑과 동물을 조각한 돌조각들 사이로 잘 다듬어진 꽃들과 나무들이 있었다. 여느 집은 벽에 구멍이 나도 가릴 것이 없어서 밀가루 포대로 막아놓는 것이 전부였는데, 같은 읍내에 있는 이곳은 정원을 가꿀 여유까지 부렸다는 사실에 살짝 눈살이 찌푸려졌다. 계단 위 포치(porch)*는 위쪽에 테라스로 꾸며져 바깥을 내다볼 수 있었다. 붉은 벽돌로 쌓은 벽면에는 커다란 미닫이 유리문이 달려 있어 테라스로 이어졌고 삼각형 박공지붕에는 둥근 다락창이 나 있었다. 차혁주는 서울에서도 잘 볼 수 없는 고급 문화주택이 지리산 중턱 읍내에 있을 줄은 상상조차 하지 못했기에 김삼복에게 넌지시 물었다.

---

* 서양식 주택에서 현관 지붕을 가리킨다.

"여기가 이운창 지서장 집인가?"

"원래 집은 구례에 따로 있습니다. 여긴 첩이랑 같이 사는 곳이죠."

"어마어마하군. 원래 누구네 집이었나?"

"원래는 주정공장을 하던 하시모토라는 일본인 집입니다. 광복되고 일본으로 떠난 후에 이운창이 차지했죠."

"이런 집이면 노리던 사람이 한둘이 아니었을 텐데, 용케 손에 넣었군."

차혁주의 말에 김삼복이 코웃음쳤다.

"읍내 주재소의 순사 보조원이었거든요. 총을 갖고 들어오려는 사람들을 쏴서 쫓아버렸죠. 덕분에 침만 흘리고 돌아간 사람들이 많았습니다."

"그걸 자기 첩에게 줬군."

"어차피 구례에서 왔다갔다할 수는 없으니까요."

현관으로 들어가려는데 안에서 나오는 장상천과 마주쳤다. 여전히 미제 군복을 입은 그는 빨치산들의 기습 때 망신을 당하고 주눅이 들었던 모습과는 달리 여유만만했다.

"어이구, 중위님이 어쩐 일이십니까?"

호들갑을 떠는 장상천에게 차혁주가 짧게 대답했다.

"일이 벌어졌다고 해서 알아보러 왔네."

"그거라면 내가 해결할 테니까 신경쓰지 마십시오."

"누가 해결하든 범인만 잡으면 되니까 신경쓰지 않겠소."

교묘하게 맞받아친 말에 장상천의 표정이 확 굳어졌다. 하지만 차혁주의 달라진 위상을 느꼈는지 한발 물러섰다.

"이번 일이야말로 빨갱이 짓이 분명합니다."

"증거는?"

"애가 없어진 게 증거요. 세상에 운해 지서장의 딸을 납치해갈 사람이 누가 있겠습니까?"

"산속에 있는 그들이 어떻게 읍내로 들어와서 지서장의 딸을 납치해간답니까?"

"당연히 읍내에 동조자가 있겠죠. 지난번 예비 검속을 철저하게 했으면 이런 일은 안 일어났을 겁니다. 아무튼 이 일은 내가 해결할 테니까 그리 아십시오."

차혁주는 패거리를 이끌고 의기양양하게 나가는 장상천의 뒷모습을 보며 안에서 들려오는 가냘픈 목소리를 들었다.

"차 중위님이십니까?"

고개를 돌리자 미군의 낙하산 감으로 만든 흰블라우스 차림의 여인이 서 있었다. 그녀는 서울에서도 찾기 힘든 붉은색 벨벳으로 만든 치마를 입고 있었다. 창백하고 우수에 젖은 얼굴에는 슬픔이 깃들어 있었다.

차혁주는 가볍게 고개를 숙이며 대답했다.

"저를 찾으셨다고 들었습니다만."

"2층에서 얘기를 나누었으면 하는데, 괜찮으시겠어요?"

"그럽시다."

"차는 뭘로 하시겠습니까?"

"커피로 하겠습니다."

차혁주의 대답을 들은 그녀가 거실 쪽을 바라보았다. 그러자 앞치마를 두른 중년의 여인이 고개를 끄덕이고는 부엌으로 들어갔다. 김삼복은 올라갈 생각이 없는지 거실 소파에 앉아 딴청을 피웠다. 그녀를 따라 2층으로 올라가자 일본식 주택에서 볼 수 있는 긴 나무복도가 나왔다. 방들이 좌우로 있었는데, 그녀가 들어간 정면의 큰 방에는 1층 현관 위쪽 베란다로 이어지는 큰 창이 있었다. 마호가니로 만든 서양식 가구들과 커다란 괘종시계, 그리고 천장에는 작은 샹들리에까지 있었다. 차혁주는 호화로운 내부에 나직이 한숨을 쉬었다. 그녀가 베란다를 등진 의자에 앉아 자리를 권했다.

"바쁘실 텐데 시간 내주셔서 감사합니다."

"별말씀을요."

"큰일이 터졌는데 상의할 사람이 없어서 불가피하게 뵙자고 했습니다."

"따님이 사라졌다고 들었습니다."

본론으로 바로 들어간 물음에 그녀가 길게 숨을 들이쉬었다.

"그 문제로 상의를 드리려고요."

"남편이 지서장이고, 서북청년단에서 해결하겠다고 저렇게 설쳐대는데 굳이 저까지 필요하십니까?"

그녀는 주먹 쥔 손을 미세하게 떨며 자리에서 일어나 창가로 다가갔다. 마음을 가다듬으려는지 목에 걸고 있던 작은 십자가 목걸이를 만지작거렸다.

"중위님이 사라졌다가 죽은 아이들에 관해 조사중이라고 들었어요. 제 아이도 그런 경우가 아닌가 싶어서요."

"피해자 가족들을 만나봤지만 이런 집에 살지는 못했습니다."

"배부른 사람의 투정이라고 생각하실지 모르겠지만 저는 이 집이 마음에 들지 않아요."

"남들이라면 그렇게 생각하고도 남을 겁니다."

두 사람의 대화는 앞치마를 두른 중년의 여인이 커피를 갖고 들어오면서 잠시 끊겼다. 테이블에 놓인 커피는 미군들이 마시는 인스턴트커피였다. 꽃무늬 테이블보가 깔린 테이블 한구석에는 그녀와 딸이 함께 찍은 사진 액자가 세워져 있었다. 차혁주가 사진을 물끄러미 바라보자 그녀가 말했다.

"올해 다섯 살이에요. 이름은 자청이고요."

차혁주는 잔을 들어 커피를 한 모금 마시고 블라우스 소매를 만지작거리는 그녀를 바라보았다. 그녀는 시선이 부담스러운지 창밖으로 고개를 돌리고 말했다.

"저에게는 이곳이 감옥이나 다름없답니다."

"그래도 최소한 안전하지 않습니까? 거리에는 이런 감옥조차 없어서 죽어나가는 사람들이 부지기수입니다."

"그걸 위안삼아 버텼죠. 저랑 딸 자청이랑 어머니는 안전하니까요. 하지만 이제 그마저도 무너져버리고 말았네요."

"저를 부른 이유가 뭡니까?"

차혁주의 건조한 물음에 그녀는 창가에 기댄 채 한숨을 내쉬었다.

"제 딸 자청이를 찾아주세요. 만약 딸이 죽었다면 범인을 찾아주시고요."

"이미 죽었다고 생각하시는 것 같습니다만……."

"올해 초부터 아이들이 연쇄적으로 사라졌다가 변사체로 발견된 걸 알고 있어요."

"그 아이들은 혼자서 해가 떨어질 때까지 밖에서 놀다가 변을 당한 겁니다. 따님은 그 경우와 다를 것 같은데요?"

"어제 정원 뒤뜰에서 놀다가 사라졌어요. 감쪽같이요."

"그게 몇 시쯤이었습니까?"

"정확히는 모르겠어요. 5시쯤 저녁을 먹을 때가 되어서 씻기려고 불렀는데, 대답이 없었어요. 여기저기 찾아보아도 나타나지 않아 그때 처음 없어진 걸 알았어요."

"그럼 정오에서 5시 사이에 사라졌다는 얘기군요. 그동안 집 안에는 누가 있었습니까?"

"저랑 어머니뿐이었어요. 정원사로 일하는 오씨는 아프다고 오지 않았고요."

"방금 커피를 주고 가신 분이 어머니입니까?"

차혁주가 당황한 말투로 묻자 그녀가 고개를 끄덕였다.

"그러지 마시라고 했는데, 저와 딸을 챙겨주고 계세요."

"따님이 뒤뜰에서 놀 때 어머니는 어디 계셨답니까?"

"부엌 옆에 있는 방에서 낮잠을 주무셨다고 했어요. 점심을 드신 다음에는 늘 낮잠을 주무시죠."

차혁주는 대답하는 그녀를 쳐다보았다. 눈빛을 읽은 그녀가 창가에서 떨어져 의자에 앉았다.

"저도 그 시간에 어디 있었는지 말씀드려야 하나요?"

"그냥 궁금해서요."

"은하수다방에 갔었어요."

"거긴 왜요?"

"은하수다방에서 일하는 방울이와 친구거든요. 좀 보자고 해서 갔죠."

"몇 시부터 몇 시까지 집을 비웠습니까? 의심하는 게 아니라 아이가 사라진 정확한 시간을 알고 싶어서 그런 겁니다."

그녀는 잠시 생각에 잠겨 있다가 입을 열었다.

"외출 준비를 하고 계단을 내려올 때 괘종시계의 종이 두 번 울렸어요."

"2시쯤이군요."

"어머니는 설거지를 마치고 낮잠을 주무실 채비를 하셨는데 저보고 언제 들어오냐고 하셨어요. 그래서 저녁 먹기 전에는 들어오겠다고 하고 나왔죠. 그때 딸이 뒤뜰에서 흙을 갖고 노는 걸 봤어요."

"그럼 2시까지는 집에 있었군요."

"네. 돌아올 때 안 보이긴 했는데, 종종 정원수 사이에 숨는 장난을 친 적이 있어서 크게 신경쓰지 않았죠."

"돌아온 건 몇 시쯤이었습니까?"

"4시 반쯤이었어요. 그리고 2층으로 올라가서 옷을 갈아입고 딸을 부르러 갔죠."

"그리고 사라진 걸 아셨습니까?"

차혁주의 물음에 그녀는 고개를 끄덕였다. 겉으로는 드러내지 않으려 했지만 딸을 잃은 슬픔은 충분히 느껴졌다.

"따님이 사라지고 혹시 협박 같은 걸 받았습니까?"

"아뇨. 차라리 내가 딸을 데리고 있으니 돈을 내놓으라는 연락이 오기를 기다렸어요."

낙담과 체념, 분노가 뒤섞인 모호한 말투 역시 죽은 아이들의 부모에게서 느낀 것과 똑같았다.

"아이가 사라진 건 언제 아셨습니까?"

"혹시나 해서 저녁때까지 기다렸다가 안 될 것 같아서 애 아버지에게 알렸어요. 그랬더니 조용히 찾아보겠다고 했는데, 아침까지 못 찾으니까 비상을 걸고 경찰을 동원해서 찾는 중입니다."

"아까 보니까 장상천도 왔던데요."

"부르지 않았는데, 자기 발로 찾아왔어요. 자기가 범인을 잡겠다고 큰소리를 치긴 했는데, 믿기지도 않고 무서워요."

"혹시 최근 집 주변에 수상한 사람이 돌아다닌 적은 없습니까?"

"전부 읍내 사람들이라 누가 기웃거려도 이상하게 생각할 수 없어요. 게다가 지서장 첩의 집인 걸 다 아는데, 누가 얼쩡거리겠어요."

자조적인 말투로 이야기하는 그녀의 얼굴에 자괴감이 깃들어 있었다.

"협박을 받거나 위협을 당한 적은요?"

"없어요. 사실 바깥출입을 잘 안 하는 편이에요."

차혁주는 커피를 다 마시는 동안 몇 가지 질문을 더 던지고 다시 사진을 보았다. 짧은 단발머리에 하늘거리는 주름치마를 입은 어린 자청은 무표정한 얼굴로 어머니 무릎에 앉아 있었다. 어머니 역시 무표정한 얼굴로 사진관 의자에 앉아 있었다. 차혁주는 사진에서 눈을 떼며 말했다.

"조사는 해보겠지만 크게 기대는 하지 마십시오."

"뭐든 알아내는 대로 말씀해주세요."

"그렇게 하겠습니다."

차혁주는 계단을 내려갔다. 거실에 앉아 있던 김삼복이 일어나려 하자 그대로 있으라고 손짓하고 부엌으로 향했다. 부뚜막에 가마솥이 걸린 재래식 부엌과는 달리 나무로 만든 찬장과 싱크대가 있는 서양식 부엌 한구석에 중년 여인이 쪼그려 앉아 있었다. 인기척에 놀란 그녀가 몸을 일으켰다.

"잠깐 얘기를 나누고 싶습니다만."
"무, 무슨 얘기요."
"따님과 얘기를 나눠보긴 했지만 더 알아볼 게 있어서요."

주저하던 그녀가 부엌 옆에 있는 문을 가리켰다.

"저기가 제 방이에요."

부엌에 딸린 방은 아주 작은 편이었다. 구석에 이불을 올려놓은 농이 하나 있었고 벽에는 한복을 걸어놓은 옷걸이가 있었다. 차혁주는 자리에 앉은 그녀에게 말했다.

"손녀를 마지막으로 본 게 언제였습니까?"
"낮잠 자기 전에요. 설거지하면서 부엌 창문으로 뒤뜰에서 노는 자청이를 봤어요."
"항상 낮잠을 주무신다고 들었습니다만."
"설거지 끝나고 저녁 먹기 전까지 자요. 아침에 일찍 일어나는 편이라 집안일을 다하고 나면 할 게 없거든요."
"따님께서는 수상한 사람을 본 적이 없다고 했습니다만 혹시 그런 사람을 본 적이 있습니까?"

"전혀요."

차혁주는 단호하게 고개를 젓는 그녀의 대답에 위층에서 느꼈던 답답함을 느꼈다.

"따님은 어쩌다가 이운창 지서장과 결혼하게 된 겁니까?"

"결혼이 아니라 첩이 된 거지요. 본처는 구례에 있어요."

한숨과 함께 대답한 그녀가 고개를 돌렸다.

"그게 다 제 탓이에요. 제 탓."

조용히 다음 대답을 기다리는 차혁주의 귀에 운심의 어머니가 내뱉은 한숨이 들려왔다.

"그때 몸이 아프다고 편지만 안 보냈어도 서울에 딸이 그냥 있었을 텐데 말이에요."

"따님이 서울에 있었습니까?"

"이화여전에 다녔지요. 피아노과였는데 실력이 뛰어나서 상장도 여럿 받았답니다. 태평양전쟁만 아니었어도 일본 유학까지 갈 수 있었을 거라고 지도교수님이 입에 침이 마르도록 칭찬했던 걸 기억해요."

"그런데 어떻게?"

지금껏 운심이 기생이거나 카페 여급이었을 것이라고 생각했던 차혁주의 반문에 그녀가 깊게 한숨을 내쉬었다.

"걔 아비 때문이죠. 얌전하던 분이었는데, 광복되고 나서 무슨 바람이 불었는지 남북통일운동인가 뭔가를 해서 경찰지서에 몇 번 잡혀갔어요. 그러다 마지막에 이운창 경위한테 붙들려갔는데, 사형을 시키네 마네 해서 내가 너무 겁이 나서 딸아이한테 와보라고 전보를 쳤어요. 그랬더니……."

운심의 어머니는 다음 말을 잇지 못하고 주먹으로 가슴을 쳤다. 그다음에 무슨 일이 벌어졌는지는 불 보듯 뻔했다. 이운창은 아버지의 일로 다급하게 경찰지서를 찾은 그녀를 여관 같은 곳으로 유인해 유린했을 것이다. 군대나 경찰 간부들이 마음에 드는 여성을 차지하기 위해 종종 써먹는 수법이었다. 지뢰를 밟고 죽은 윤 상사의 전임자였던 서 상사는 제주 4·3사건 당시 9연대에서 복무했고 종종 자신의 일을 무용담처럼 늘어놓았다. 마음에 드는 여성을 차지하기 위해 그녀의 오빠를 빨갱이로 몰아 체포하고 고문해서 반쯤 죽여놓고 풀어주고 다시 잡아들이면 알아서 찾아왔다며 누런 이를 드러내며 웃었다. 차혁주는 그렇게 웃는 서 상사 뒤쪽에 서서 서로 팔을 잡은 채 우두커니 서 있는 남자와 여자의 혼령을 보았다. 그가 이야기한 제주도의 이름 모를 남매가 분명했다. 그 혼령들이 사라진 것은 서 상사가 북괴군의 저격을 받고 머리통이 절반쯤 날아간 다음이었다. 차혁주는 고개를 절레절레 흔들고 연신 한숨을 쉬는 운심의 어머니에게 물었다.

"그다음에는 쭉 여기서 사셨습니까?"
"처음에는 구례에서 집을 얻어 살았는데, 본처가 맨날 찾아와서 행패를 부렸어요. 그래서 아예 고향인 이곳으로 오자고 제가 말했죠. 마침 자청이 아비가 이곳에 집이 있다고 해서 들어왔고요."

넋두리처럼 이야기하는 운심의 어머니 말에 자조 섞인 한탄이 어려 있었다. 공부를 시켰더니 고향에 내려와서 첩 노릇이나 하고 있고 그것이 본인 탓이라고 생각하고 있으니 마음이 편할 리 없었다.

"원한을 가질 만한 사람들이 있습니까?"

그의 물음에 운심의 어머니가 눈을 감고 고개를 저었다.

"원한이요? 비웃고 손가락질하는 사람을 알려달라고 하면 말씀드릴 수 있겠네요. 읍내 사람 상당수가 그러니까요."

"아이들을 납치해서 죽이는 건 보통 부모에게 쌓인 원한으로 인한 분풀이입니다."

"자청이 아비가 인심을 좀 잃긴 했지만 운해읍을 꽉 쥐고 있는데 누가 감히 허튼짓을 하겠어요. 지주위원회도 뒤에 떡하니 버티고 있어서 여기서는 왕이나 다름없어요."

"그러니까 자청이를 납치했을 수도 있습니다. 직접 공격할 수 없으니까요."

"아무튼 우리 손녀딸 꼭 찾아주세요. 그래도 그거 크는 거 보고 버텼는데 이런 일이 벌어지네요. 아이고, 팔자야."

차혁주는 당장이라도 울 것 같은 운심의 어머니를 방에 두고 밖으로 나와 때마침 기지개를 켜고 있던 김삼복에게 가자고 말했다. 서둘러 일어난 김삼복이 고무신을 꿰어 신고 따라나섰다.
 "뭐 좀 건지셨습니까? 어? 거긴 현관이 아닌데요."
 말없이 뒤뜰로 나간 차혁주는 담장 앞에 섰다. 키보다 높은 벽돌 담장은 시멘트가 발라져 있었는데, 오래되어서 그런지 군데군데 떨어지고 금이 간 상태였다. 담장 위에는 쇠창살이 박혀 있었다.
 "이 담장은 그냥은 못 넘어오겠군."
 "지서장의 애첩이 사는 곳인데 어떤 미친놈이 넘어오겠습니까? 그날이 제삿날이 될 텐데요."
 차혁주는 김삼복의 웃음소리를 뒤로하고 뒤뜰을 계속 살폈다. 담장 모서리에는 항아리들이 옹기종기 모여 있었고 그 옆에는 뚜껑이 달린 작은 우물이 있었다. 원래는 잔디밭이었던 것 같았지만 관리가 제대로 안 되면서 흙바닥으로 변해버린 듯했다. 뒤뜰은 부엌 창문과 거실의 큰 유리를 통해 안에서 보였다. 그가 계속 거실 쪽을 바라보자 김삼복이 물었다.
 "뭘 그렇게 뚫어지게 보십니까?"
 "거실이랑 부엌에서 아주 잘 보이잖아."
 "그러네요. 근데 왜 사라진지 몰랐답니까?"
 "여기서 놀던 자청이 어머니는 그때 외출중이었고 할머니는 본인 방에서 낮잠을 자고 있었어."

"그래서 없어지는 걸 눈치채지 못했나보네요."

"장상천은 빨치산 짓이라고 하던데?"

"이운창도 아니고 이운창 딸내미를 납치해서 뭐 하게요? 게다가 산에서 내려오면 대번에 눈에 띄었을 겁니다."

"그 양복점 주인처럼 첩자가 숨어 있을 수도 있지."

"그렇다면 더더욱 아니겠죠. 그런 걸로 귀중한 선이 끊어지게 놔둘 리는 없으니까요. 더군다나 홍봉주가 들통났으니 나머지는 바짝 숨어 있어야 할 때입니다."

"선을 연결하는 게 그렇게 중요한가?"

"빨치산들한테는 생사가 걸린 문제니까요."

팔짱을 낀 김삼복이 주변을 돌아보고 말을 이어갔다.

"산에서 살려면 많은 것이 필요합니다. 병을 치료할 약부터 옷가지는 물론이고 종이랑 연필 같은 것도 다 이곳에서 구해야 합니다. 해방촌이 있었을 때야 상관없지만 지금은 선들을 통해 구할 수밖에 없습니다. 더욱이 토벌에 관한 정보나 동향을 파악하는 데도 필요하고요."

"그러니까 이런 일에 선을 동원하지는 않는다 이 말이지?"

"차라리 경찰지서나 읍사무소에 수류탄을 던져넣으면 모르겠지만 이건 별로 도움이 안 되는 일입니다."

차혁주는 김삼복의 말을 듣고 고개를 절레절레 저으며 말했다.

"그렇다면 사적인 복수뿐인데, 할 만한 사람이 없다면서?"

"위세가 워낙 대단해서요. 중위님 전임자를 날린 이들도 그 세 사람입니다. 하지만 '열 길 물속은 알아도 한 길 사람 속은 모른다'는 속담이 있지 않습니까. 운해읍 읍민들 중 누가 마음속으로 칼을 갈고 있는지는 아무도 모릅니다."

"그렇게 따지면 운해읍 읍민들 절반은 용의자군."

쇠창살이 박혀 있는 담장을 올려다보던 김삼복이 대답했다.

"이 담장을 넘을 수 있는 사람이라면 말입니다."

설명을 들은 오정운은 가타부타 아무 말 없이 책만 들여다보았다. 늘 그런 모습이었지만 이번에는 느낌이 조금 달랐다.

"운해읍은 깊은 밤 같습니다."

"보이지 않는다는 측면에서 보면 그렇긴 하지요."

오정운은 읽고 있던 나쓰메 소세키의 책을 덮고 손가락으로 눈자위를 꾹꾹 눌렀다. 그러고는 의자에서 일어나 서점 안을 서성거리며 말했다.

"아직 시신이 발견되지 않았을 뿐이지 아이는 아마 죽었을 겁니다."

"살아 있다면 협박했거나 그랬겠죠."

"이번이 다섯번째인가요?"

희생된 아이들의 이름과 행적이 적힌 흑판을 바라보며 하는 그

깊은 밤 149

의 말에 차혁주는 고개를 저었다.

"앞선 사건들과 다른 점들이 있습니다."

"어떤 점들이요?"

"일단 장소가 다릅니다. 이전 사건의 네 아이는 모두 읍내에서 벗어난 산이나 들판에서 목숨을 잃었습니다. 그런데 사라진 자청이는 자기 집 뒤뜰에서 사라졌죠. 거긴 읍내 한복판입니다."

차혁주는 흑판으로 다가가 제일 아래에 자청의 이름과 함께 사라진 장소를 집이라 적고 말을 이었다.

"그리고 시간도 다릅니다. 네 아이는 대략 해가 질 무렵이나 그 직후에 사라졌습니다. 하지만 자청이가 사라진 시간은 2시에서 4시 반 사이입니다. 밝은 대낮인 때죠."

"앞선 사건들과 범인이 다르다는 얘깁니까?"

"범인과 한패일 수도 있고, 아니면 이번만 습성을 바꿨을 수도 있습니다. 중요한 건 왜 그랬는지 의도를 파악하는 겁니다. 다행히 이번 사건은 인과관계를 밝혀낼 수 있을 것 같습니다."

"범인을 지목할 수 있습니까?"

"일단 칼을 잘 쓰고, 완력이 강해야 합니다. 쇠창살이 있는 담장쯤은 쉽게 넘을 수 있어야 하죠."

"그 정도만 해도 많군요."

오정운의 말에 차혁주는 씩 웃었다.

"중요한 단서가 또 있습니다. 범인은 2시부터 4시 즈음까지 운심과 운심의 어머니가 자리를 비우거나 낮잠을 자고 있다는 사실을 잘 아는 사람입니다. 게다가 아이가 의심하지 않을 정도로 가까운 사이여야만 하죠."

"용의자를 좁힐 수 있겠군요."

희미하게 웃는 오정운의 시선이 서점 입구 쪽으로 향했다. 잠시 후 문이 열리고 김삼복이 들어섰다.

"중위님!"

"왜?"

"찾았습니다."

뭘 찾았는지 말하지 않았지만 표정으로 보아 짐작하기 어렵지 않았다. 차혁주는 일어나야겠다고 양해를 구하기 위해 오정운을 쳐다보았다. 하지만 그는 어둠 속으로 한발 물러났다. 딱히 누군가와 이야기를 나누고 싶지 않다는 완강한 태도였기에 차혁주는 잠자코 일어났다. 그가 나올 때까지 문을 잡아주고 있던 김삼복이 투덜거렸다.

"여기 서점에 뭐 볼 게 있다고 맨날 오십니까?"

"책을 좋아해서 말이야."

"저긴 너무 을씨년스럽습니다."

차혁주는 등뒤 서점을 힐끔 바라보는 김삼복의 말을 흘려들으며 물었다.

"어디야?"

"아랫골 근처 창고입니다. 옛날에 왜놈들이 고구마를 보관하던 곳이죠."

"누가 발견했지?"

"서북청년단 애들이 발견했답니다. 점박이가 처음 봤대요."

"상태가 어떤지 얘기는 들었어?"

김삼복은 대답 대신 고개를 절레절레 저었다. 소가 볏짚과 나무를 잔뜩 실은 수레를 천천히 끄는 중이었다. 배꼽을 드러낸 짧은 저고리 차림의 노인이 그 옆에서 끌고 가고 있었다. 죽음이 일상적인 이곳에서도 삶은 계속되었다. 살아남은 사람들이 할 수 있는 것은 그것뿐이었다. 한창 기계가 돌아가면서 쌀을 찧는 정미소의 떠들썩함을 뒤로한 채 아랫골에 도착했다.

"창고는?"

"저기 언덕 뒤쪽입니다."

김삼복이 가리키는 야트막한 언덕 너머로 창고가 있었다. 널빤지로 벽을 세우고 슬레이트 지붕을 인 창고는 길쭉한 형태였다. 벽에 군데군데 구멍이 나 있었고 지붕도 곳곳이 부서져 있었다. 뒤따라오던 김삼복이 말했다.

"지금은 안 쓰고 있는 곳입니다."

"그래서 여기에 시신을 유기했군."

언덕에 서서 시신이 어디 있는지 찾아보려고 했지만 그럴 필요가 없었다. 서북청년단 패거리가 웅성거리며 모여 있는 곳이 보였기 때문이다. 그곳으로 내려가자 죽음의 흔적들이 보였다. 지난번에 본 효숙의 시신처럼 팔다리가 절단된 채 창고 옆 벌판 여기저기에 흩뿌려져 있었다. 내장은 길게 펼쳐 버려졌고 머리와 팔의 일부가 붙은 몸통은 창고 벽에 기대어져 있었다. 차혁주는 주변에 모여 담배를 피우던 서북청년단 패거리의 따가운 눈총을 받으며 시신이 있는 곳으로 다가갔다. 피와 흙에 젖어 있긴 했지만 벨벳으로 만든 붉은 치마와 꽃이 새겨진 하얀 저고리 차림이었다. 양 갈래로 딴 머리는 흙범벅이었다. 길게 펼쳐진 내장을 따라가자 한쪽 발만 남은 신체 일부가 있었다. 검정색 고무신이 신겨진 발이 가지런히 놓여 있었다. 주변의 핏자국을 세심히 살펴보던 차혁주에게 김삼복이 다가왔다.

"뭐가 좀 나왔습니까?"

"피가 말라붙어 있어. 이 정도면 반나절에서 하루 전에 죽은 것 같아."

"어제 오후에 납치하고 바로 죽인 모양이네요. 나쁜 놈 같으니."

떨리는 손으로 백합 담배를 꺼낸 김삼복이 불을 붙였다. 필터가 없는 백합 담배의 매운 향을 피해 잠시 뒤로 물러난 차혁주는 창고문이 반쯤 열린 것을 보았다. 그쪽으로 발길을 옮기자 서북청년단 패거리 몇 명이 앞을 가로막았다.

"뭐야?"

"안에 중요한 증거들이 있다고 아무도 들이지 말라고 했습니다."

차혁주는 아무 말 없이 메고 있던 카빈총을 꺼내 발밑을 겨누고 방아쇠를 당겼다. 총성과 함께 흙이 튀자 서북청년단 패거리가 화들짝 놀랐다.

"빨갱이들 앞이나 가로막아보시지. 썩 꺼져!"

그들이 물러나자 차혁주는 창고 안으로 들어갔다. 벽과 지붕의 구멍에서 쏟아져 들어온 빛들이 어두운 창고 안에 퍼졌다. 그는 지포 라이터를 켜고 바닥을 비추었다. 다 썩어가는 기둥과 바닥의 흙에서 퀴퀴한 냄새가 밀려왔다. 군데군데 마른 풀이 뭉쳐 있었다. 천천히 안쪽으로 들어가면서 살펴보던 차혁주는 서늘한 바람이 이마를 스치는 느낌을 받았다. 섬뜩함에 놀라 고개를 든 그의 눈에 갈래머리에 붉은색 벨벳 치마를 입은 여자아이의 혼령이 보였다. 앞을 가로막은 서북청년단 패거리에게 총까지 쏘면서 빨리 들어오려고 했던 이유도 혹시나 혼령이 남아 있을지 몰라서였다. 차혁주는 지포 라이터를 끄며 조심스럽게 물었다.

"자청이니?"

늘 그렇듯 혼령은 긍정도, 부정도 하지 않았다. 하지만 그의 눈앞에 나타났다는 것은 적어도 할 이야기가 있다는 뜻이었다. 차혁주는 재차 물었다.

"누가 널 죽였는지 얘기해줄 수 있어?"

가능성은 희박했지만 혹시나 단서가 될 만한 것을 직접적으로 알려주지 않을까 싶어 한껏 긴장한 채 바라보았다. 여자아이의 혼령은 극도로 혼란스러워했다. 처음에는 대개 죽음을 받아들이지 못해 그런 모습을 보였다. 조심스럽게 한 발 내디딘 그가 물었다.

"여기 누구랑 왔니?"

어머니랑 집에서만 지내던 아이가 혼자 여기까지 오지는 않았을 테니 누군가와 함께 왔다면 그자가 살인자일 가능성이 높았다. 여자아이의 혼령은 여전히 주저했지만 아까보다는 경계심이 누그러진 것 같았다. 지난번 효숙의 혼령이 사탕 껍질과 붉은 실오라기를 보여준 것처럼 단서가 될 만한 뭔가를 보여준다면 범인을 잡는 일은 의외로 쉬워질 것 같았다. 생각보다 쉽게 일이 풀릴 수 있다고 믿는 순간 등뒤에서 익숙한 목소리가 들렸다.

"안에 누구야!"

그 순간 여자아이의 혼령이 그대로 사라져버렸다. 차혁주는 낙담했다. 이제 다음번에 나타나면 다른 아이들처럼 입을 다문 채 원망스러운 눈빛으로 산 사람들을 바라볼 것이 분명했다. 안타까움과 짜증에 얼굴을 찡그린 차혁주가 돌아보자 장상천이 고개를 옆으로 꺾은 채 바라보았다.

"혹시 귀신이랑 얘기라도 나누고 있었습니까? 아무도 없는 곳에서 뭘 보고 중얼거리고 말이야."

훼방꾼 때문에 짜증이 났지만 차혁주는 짐짓 모른 체하며 표정

깊은 밤 155

을 감추었다.

"혼잣말한 거네. 단장이 시신을 발견했다고 하던데?"

"창고를 안 찾아봤다고 해서 여길 수색해보라고 시켰더니 바로 나오더라고요."

"시신은 발견된 상태 그대로인가?"

"손끝 하나 안 건드렸고 부하들에게도 건드리지 말라고 했습니다. 경찰이 와서 보고 수습할 때까지 말입니다."

"어제 낮에 실종되었으니까 죽이기 전까지 여기에 가둬두었을 거네."

"아까 플래시 켜고 둘러봤는데 없었습니다."

차혁주는 그의 말을 무시하고 지포 라이터를 켜고 창고 구석구석을 살폈다. 하지만 별다른 흔적은 보이지 않았다. 낙담한 차혁주가 나오자 문밖에서 기다리고 있던 장상천이 보란 듯이 부하들에게 말했다.

"여기 창고 근처에 사는 국민보도연맹* 놈들이랑 빨치산 가족들 모조리 잡아들인다. 한 놈이라도 놓쳤다가는 내 손에 작살날 줄 알아!"

장상천의 지시에 부하들이 뿔뿔이 흩어졌다. 그 광경을 지켜보

---

* 1949년에 좌익활동을 하다가 전향한 사람들로 구성된 단체로 6·25전쟁 초기에 보도연맹원에 대한 대대적인 학살이 벌어졌다.

는 차혁주에게 장상천이 히죽거리며 다가왔다.

"빨갱이들이 제 무덤을 팠으니 곱게 묻어줘야지요."

"그들 소행이라는 증거도 없지 않나?"

"지금 빨갱이 편드시는 겁니까?"

장상천이 놀랍다는 표정을 과장되게 지으면서 물었다. 차혁주가 고개를 저으며 말했다.

"빨갱이라고 억울하게 잡혀올 사람들을 걱정하는 거네."

"우리 중위님이 인정이 정말 많으십니다."

헛웃음을 지은 장상천이 뒷짐을 졌다.

"요즘 같은 세상에는 말입니다. 그런 인정을 베풀었다가는 뒤통수에 총 맞기 딱 좋습니다."

뭐라고 반박하려던 차혁주는 장상천이 신고 있는 각반에 대검이 꽂혀 있는 것을 보았다. 그러고 보니 서북청년단 패거리는 허리춤이나 발목에 대검을 한 자루씩 차고 다녔다. 문득 그 대검들을 회수해 조사하다보면 단서가 나오지 않을까 싶었다. 잠깐 생각에 잠겨 있던 차혁주는 어디선가 들려오는 비명소리에 정신을 차렸다.

소리가 들리는 언덕 위쪽으로 올라가자 미례가 서북청년단에게 끌려나오고 있었다. 그뒤로 덕보 할머니가 맨발로 뛰쳐나와 뜯어말렸지만 아무 소용이 없었다. 차혁주가 김삼복에게 물었다.

"왜 끌려가는 거지?"

깊은 밤

"아마 집안에 입산한 사람이 있을 겁니다."

"그렇다고 잡아가는 거야?"

김삼복이 주변에 장상천이 없는 것을 확인하고 속삭였다.

"사실, 장상천이 미례한테 눈독을 들인 지 좀 되었습니다. 이 기회에 차지하려고 하는 거죠."

"무당이라고 손가락질을 받아서 읍내에는 발도 못 붙이는데 무슨 범인이야!"

미례의 애처로운 비명소리를 들은 차혁주가 발걸음을 떼려 했지만 김삼복이 어깨에 손을 올리고 만류했다.

"나서지 마십시오."

"그냥 지켜보라고?"

"예전에 비하면 정말 좋아진 겁니다. 그때는 가족이 저렇게 만류하면 같이 끌고 갔거든요."

"아무 죄도 없는 사람이 끌려가는데 그냥 지켜보고만 있으란 말이야?"

"장상천이 아직 죽지 않았습니다. 지주위원회에서 내치지 않고 거둔 걸 보면 앞으로도 계속 쓸 모양입니다."

"막을 수 있는 방법은?"

성난 그의 물음에 김삼복이 고개를 저었다.

"범인을 잡아서 끌어다놓으면 모를까 어려울 겁니다."

"젠장!"

그는 죄도 없는 사람이 끌려가 곤욕을 치를 모습을 생각하면서 강한 무력감을 느꼈다. 하지만 그들이 운해읍을 장악한 이상 이길 수 있는 무기는 오직 진실뿐이었다. 차혁주는 아랫입술을 질끈 깨물며 창고 쪽으로 발걸음을 돌렸다.

"읍내로 안 가십니까?"

김삼복의 물음에 그는 고개를 저었다.

"단서를 더 찾아보게."

서북청년단 패거리가 모두 사라지면서 창고 주변은 텅 비었다. 토막난 자청의 시신은 거적으로 덮어놓았다. 시신이 여기저기 널브러져 있던 창고 벽에 핏줄기가 사방으로 튀어 있었다. 차혁주는 서북청년단에게 가려 보이지 않았던 흔적들을 찾아내고 그 앞에 서서 뚫어지게 들여다보았다. 아까 보았던 토막난 시신의 상태와 맞추어보았다. 핏자국은 대략 오른쪽 위에서 왼쪽 아래 대각선으로 뿌려졌다. 그는 손을 들어 어깨 위로 올렸다가 천천히 비스듬하게 내리며 중얼거렸다.

"오른손잡이군."

범인은 아마 왼손으로 자청의 멱살을 잡고 들어올린 다음에 오른손에 든 칼로 비스듬하게 벤 것 같았다. 그러면서 창고 벽에 피가 튀었고 시신은 두 동강이 나버렸다.

"그렇다면 어마어마하게 힘이 센 성인 남자야."

그리고 이번에도 토막낸 시신들을 보란 듯 흩뿌려놓았다. 만약 창고 안에 숨겨놓았다면 하루이틀 정도는 더 발견하지 못했겠지만 살인자는 그럴 생각이 전혀 없었다. 그나마 다른 살인 현장들이 시간이 지나 흔적을 발견할 수 없었던 반면, 이번 살인은 직후에 현장이 발견되어 그나마 단서가 될 만한 것들이 있었다. 벽을 따라 천천히 걸으면서 흔적을 찾는데 멀리서 울음소리가 들려왔다. 고개를 돌리자 운해읍 쪽에서 한 무리의 사람들이 달려오는 것이 보였다. 경찰들 사이에는 이야기를 나누었던 운심과 그녀의 어머니도 있었다. 차혁주는 모자를 푹 눌러쓰고 자리를 떴다. 황량한 벌판의 메마른 바람을 닮은 구슬픈 울음소리가 유령처럼 그의 뒤에 따라붙었다.

죽음과 삶

 오정운은 대운서점을 찾아온 차혁주에게 사건에 대한 자초지종을 듣고 무거운 한숨을 내쉬었다.
 "곧 피바람이 불겠군요."
 "어떻게든 막아야 합니다. 그렇지 않으면……."
 죽은 사람들이 몽땅 눈앞에 나타나고 말 것이라는 말은 차마 하지 못했다. 오정운은 그런 차혁주의 속마음을 아는지 모르는지 비관적인 분석을 이어갔다.
 "지주위원회에서 이 사건을 적극 이용할 겁니다."
 "어떻게요?"
 "공포 분위기를 조성해서 딴생각을 못 하게 할 겁니다. 이번 일에 누가 연루되었는지 알 수 없으니까 말입니다. 생살여탈권을

쥐고 있다는 걸 똑똑히 보여주려고 하겠죠."

"그 와중에 얼마나 죽을지 모르고 말이죠."

"요즘 같은 시대에 사람 목숨만큼 흔해 빠진 것도 없으니까요."

"범인을 빨리 잡아야겠습니다."

차혁주가 단호하게 말하자 그가 고개를 저었다.

"소용없을 겁니다."

"범인을 잡아다줘도 말입니까?"

"공범이 있다고 하면 어쩔 겁니까?"

미처 생각하지 못한 부분을 지적당한 차혁주는 암담해졌다. 살인이 다시 벌어졌고 그것 때문에 애꿎은 사람들이 얼마나 죽을지 모르는 상황이 닥쳤기 때문이다. 차혁주를 물끄러미 바라보던 오정운이 물었다.

"이번 사건은 어떻게 보십니까?"

"자청이 건 말씀이시죠? 전에 말했다시피 이전 사건과 여러모로 다릅니다."

차혁주는 오정운의 질문에 정리해두었던 생각들을 조심스럽게 꺼냈다.

"읍내 근처에서 아이가 죽었다는 것 빼고는 많이 다릅니다. 일단 대낮에 읍내 한복판에서 납치되었고 시간을 두었습니다."

"무슨 시간을요?"

"죽일 때까지의 시간 말입니다. 어제 낮에 납치되었는데 현장의 피를 보면 대략 새벽이나 아침에 죽인 것 같습니다. 다른 아이들은 납치하자마자 죽였는데 반나절 정도는 살려뒀습니다."

"그럼 다른 자의 소행입니까?"

잠시 고민하던 차혁주는 흑판 쪽으로 걸어갔다. 그리고 아래쪽에 적힌 자청의 이름 옆에 커다랗게 물음표를 그렸다.

"여러 가지 차이점이 있지만 저는 살인자가 동일 인물이라고 생각합니다."

오정운이 흑판 앞에 서 있는 차혁주를 보기 위해 몸을 돌리며 물었다.

"어째서요?"

"시신을 절단해서 보란 듯이 창고 앞 벌판에 내다버렸습니다. 그리고."

주저하던 차혁주가 오정운을 바라보면서 덧붙였다.

"이번에도 시신 일부가 사라졌습니다."

"그렇다면 앞선 살인과 왜 다른 걸까요?"

"목적이 달랐기 때문일 겁니다."

"그걸 알아내셨습니까? 저는 아무리 생각해도 잘 모르겠던데요."

"앞서 벌어진 네 건은 저도 이유를 잘 모르겠습니다. 하지만 이번 사건은 범인이 무슨 목적으로 살해했는지 확실하게 알 것 같습니다."

대답을 기다리는 듯한 오정운의 눈빛을 읽은 차혁주가 입을 열었다.

"바로 복수입니다."

"그건 다른 사건도 마찬가지 아니었습니까?"

"부모들은 누군가에게 원한을 산 적이 없다고 얘기했습니다. 네 집 모두 읍내에 산다는 점을 제외하고는 눈에 띄는 공통점이 없습니다."

"하긴, 아버지가 악명 높은 지서장이었으니……."

말끝을 흐리는 오정운에게 그가 딱 잘라 말했다.

"이번 살인사건의 목표는 이운창 지서장이 아닙니다."

"그럼 누굽니까?"

"자청이의 어머니 운심입니다."

"이운창은 악명 높은 지서장이긴 하지만 자기 자식한테는 따뜻하게 대하지 않았겠습니까? 게다가 운심이를 차지하기 위해 정말 무리를 했고 말입니다."

"잘 알려진 얘깁니까?"

운심의 어머니에게 들었던 사연을 떠올린 그의 물음에 오정운이 고개를 끄덕였다.

"워낙 난리를 쳐서 읍내 사람이라면 모르는 이가 없을 겁니다."

"그녀와 그녀의 어머니를 만나봤는데 강제 결혼에 대한 분노가 있더군요. 게다가 정식 결혼도 아니고 이미 아내가 있는 상황이라 첩이 되어버렸으니까요. 유일하게 위안삼은 게 자청이었죠. 그런데 저 지경이 되었으니 살아도 산 목숨이 아닐 겁니다."

 차혁주는 울면서 달려오는 운심과 그녀의 어머니의 울음소리가 떠올랐다. 더 처참한 것은 그 죽음이 더 많은 죽음을 가져올 테고 누군가 그 일로 이득을 얻게 된다는 점이었다.

 "죽은 것도 억울한데 그걸로 이득을 얻으려는 자들까지 있으니 답답합니다."

 차혁주의 하소연에 오정운은 손가락을 까닥거리며 생각에 잠겼다.

 "하루빨리 범인을 잡는 게 우선입니다. 그리고 김석충을 설득해야 합니다."

 "그 늙은이 말입니까?"

 "이운창이나 장상천이 워낙 설치고 다녀서 눈에 띄지 않을 뿐이지 그자의 영향력은 막강합니다."

 조곤조곤 이야기하는 오정운에게 차혁주가 물었다.

 "그러니까 김석충을 설득하면 이운창이나 장상천이 섣불리 움직이지 못한다 이 말입니까?"

 "사실상 두 사람을 움직이고 있는 이가 그자입니다."

 "이운창은 경찰력을 동원할 수 있고, 장상천은 폭력을 쓸 수 있습니다. 김석충은 뭘 쓸 수 있습니까?"

 "그 두 사람을 마음대로 부릴 수 있습니다. 두 사람은 김석충에게 반항 한 번 하지 않았죠. 그자의 진짜 힘은 인맥에서 나옵니다."

"어떤 인맥 말입니까?"

"중위님의 전임자를 쫓아낸 것도 육본에 줄을 댄 김석충의 작품입니다. 이운창을 운해읍 지서장으로 발령낸 전라남도 경찰국 국장과도 아는 사이고, 서북청년단의 상위 단체인 대한청년단과도 줄이 닿아 있죠. 한마디로 두 사람이 반항심을 갖기만 해도 밟힐 수 있는 상황입니다."

"운해읍의 실질적 지배자인 셈이군요."

"이곳뿐 아니라 구례군 일대에 막강한 영향력을 행사하고 있습니다. 뱃속에 능구렁이가 천 마리는 들어 있을 정도로 속내를 알 수 없는 인물이기도 하죠."

"그 사람을 설득하면 이번 사건으로 발생할 수 있는 억울한 희생을 막을 수 있다는 뜻입니까?"

질문을 받은 오정운은 눈도 깜빡거리지 않은 채 그를 바라보다가 말했다.

"불가능합니다."

"왜 안 됩니까?"

"그 사람은 설득할 수 있는 존재가 아니기 때문이죠."

답답해진 차혁주는 담배를 꺼내면서 말했다.

"이만 돌아가보겠습니다."

잘 가라는 듯 고개를 살짝 끄덕인 오정운은 읽고 있던 책을 펼쳤다. 담배에 불을 붙인 채 밖으로 나가려던 차혁주가 잠시 주저했다.

"그런데요."

책을 읽던 오정운이 고개를 들자 그가 말했다.

"다른 때랑 좀 다르네요."

"뭐가 말인가요?"

"다른 네 건과 달리 이번 일은 아주 크게 관심을 보이셔서 말입니다."

딱히 대답을 들으려고 했던 것은 아니었기 때문에 차혁주는 문을 열고 밖으로 나갔다. 아직 해가 떨어지지는 않았지만 읍사무소가 있는 뒷산 쪽에 붉은 석양이 드넓게 퍼져 있었다. 석양 아래 읍사무소와 나란히 있는 경찰지서 마당에는 사람들이 잔뜩 붙잡혀와 있었다. 모두 결박당한 채 무릎을 꿇고 있었고 담장 밖에는 구경꾼들이 몰려 있었다. 그냥 지나치려던 차혁주는 차마 지나치지 못하고 경찰지서 쪽으로 발걸음을 옮겼다.

가까이 다가갈수록 붙들려온 사람들의 울음소리가 점점 크게 들려왔다. 중간중간 울음 섞인 소리와 함께 살려달라는 애원이 들렸다. 하지만 경찰지서 현관 앞에 서 있는 이운창은 고래고래 소리를 질렀다.

"너희가 감히 지서장의 딸을 죽이고도 살 생각을 했다면 큰 오산이야!"

M1 개런드를 든 경찰들이 드문드문 다니면서 개머리판으로 머리나 등을 내리찍고 발길질했다. 잡혀온 사람들은 서슬 퍼런 경찰들의 기세에 그냥 살려달라는 말밖에는 하지 못했다. 그중 절반 이상이 여성들과 나이든 노인들이었다. 짜증이 난 차혁주가 길가에 서서 지켜보자 김삼복이 다가왔다.

"대장님이 하실 수 있는 일은 없습니다."

"저들 중에 절반은 죽겠지?"

"절반이 뭡니까? 한두 명이라도 살아나면 다행이죠."

"이렇게 지켜보기만 할 거야?"

"제 외가 쪽 친척도 둘이나 잡혀갔습니다만 지켜봐야 합니다."

"왜?"

차혁주의 격한 반응에 김삼복이 텅빈 눈으로 경찰지서 쪽을 바라보았다.

"태풍이 오면 납작 엎드려 있어야 살아남을 수 있으니까요. 중위님 같은 외지인에게는 터무니없어 보이겠지만 말 한마디 잘못해서 배에 죽창이 찔리거나 뒤통수에 총알이 박히는 걸 직접 눈으로 보게 되면 생각이 바뀌실 겁니다."

"김석충의 집은 어디야?"

"네?"

놀란 김삼복의 반문에 차혁주가 재차 물었다.
"여기 운해읍을 지배하는 그 사람 집 말이야."

읍내 외곽에 있는 김석충의 집은 의외로 수수했다. 대문은 높다란 솟을대문이 아닌 야트막하고 평범한 문이었고 집도 커 보이지 않았다. 하지만 그의 집 대문 앞에는 검은색으로 물들인 군복을 입은 상이군인이 서 있었다. 한쪽 다리가 발목부터 없었고 얼굴 한쪽도 뭉개져 있었다. 어깨에는 북괴군이 쓰던 따발총을 메고 있었고 군용 벨트 허리 뒤쪽에 권총을 차고 있었다. 특이하게도 목발을 쓰지 않고 다리에 의족처럼 목발을 붙였다.
"누구요?"
위아래로 훑어보는 그의 성마른 목소리에 차혁주가 대꾸했다.
"민보단 대장 차혁주 중위다. 김석충씨를 만나러 왔다."
"위원장님과 약속이 되어 있습니까?"
"급하게 와서 미처 약속을 잡지 못했네."
"그럼 잠시만 기다리시구려."
그가 대문을 닫고 안채로 걸어가는 소리가 들렸다. 잠시 후 삐걱거리는 소리와 함께 대문이 열렸다. 아까 보았던 상이군인이 옆으로 물러나며 안쪽을 가리켰다.
"안채 뒤편 별채로 오시랍니다."
그가 안으로 들어서자 상이군인이 어깨를 잡았다.

"무기는 놓고 가시오. 갈 때 돌려주겠소."

어깨를 잡은 힘이 상당하여 차혁주는 놀라서 말없이 카빈총을 건넸다.

"안채를 지나면 뒤쪽에 별채가 보일 겁니다. 다른 곳으로 가시면 안 됩니다."

안채 건물 옆쪽으로 돌아가자 야트막한 언덕이 나왔다. 커다란 나무를 끼고 오솔길을 따라 걷자 언덕 위에 별채가 있었다. 세 칸으로 된 별채는 한쪽이 누각처럼 높았는데, 창살에는 종이 대신 유리창이 끼워져 있어 바깥을 내다볼 수 있었다. 별채 앞에도 누군가 지키고 있었는데, 김삼복이 점박이라 불렀던 장상천의 부하였다. 별채의 작은 문 옆에 서 있던 그는 차혁주가 다가오자 문을 열고 옆으로 물러났다.

"누각에 계십니다."

고개를 숙여 안으로 들어가자 유성기 소리가 들렸다. 누각에 앉아 있는 김석충의 뒷모습을 보며 그는 심호흡했다. 군화를 벗고 안으로 들어가자 김석충이 고개를 돌렸다. 운해읍의 실세 3인방 중 가장 베일에 가려져 있지만 모든 것을 지배한다는 그는 길거리에서 만나면 금방 잊어버릴 정도로 평범한 외모의 노인이었다. 누렇게 뜬 깡마른 얼굴에서 성격이 만만치 않은 인상을 받았다. 그는 나무로 만든 팔걸이에 한쪽 팔을 올린 채 보라색 비단으로 만든 보료 위에 비스듬히 앉아 있었다. 뒤쪽에는 학이 새겨진 안석이 있었다. 수를 놓은 비단 방석을 권한 김석충이 손짓하자 점박이가 멀찌감치 물러났다. 차혁주는 방 안의 유성기를 바라보았다. 커다란 나팔관이 달려 있는 유성기에서는 느릿한 판소리가 흘러나왔다. 그의 시선을 따라 유성기를 보며 김석충이 가래 섞인 기침을 했다.

"요즘 젊은것들은 미국에서 온 음악에 환장한다면서? 나는 아무리 들어도 익숙하지가 않아. 우리 같은 늙은이에게는 그저 판소리가 최고지."

차혁주가 별다른 말이 없자 김석충은 재떨이에 걸쳐둔 장죽을 입에 물었다.

"염라대왕을 만날 날이 멀지 않으면 말이야, 참을성이 없어지네. 벙어리처럼 그러지 말고 온 이유를 말해보게."

"운해읍 지서장 이운창 경위의 딸이 실종되었다가 변사체로 발견되었습니다."

"얘기 들었네. 빨갱이들은 정말 잔인하단 말이야. 그렇게 어린 애를 말이야."

차혁주는 장죽을 은으로 만든 재떨이에 탕탕 털며 하는 그의 말에 깃든 공허함과 냉정함을 느끼며 말을 이었다.

"지금 경찰지서에는 체포된 용의자들 때문에 울고불고 난리가 났습니다."

"뭐, 지서장이 알아서 하겠지."

"상당수는 죄가 없는 사람들입니다."

"빨갱이들은 말이외다. 그런 생각을 갖고 있거나 옆에 있는 사람도 처벌해야 뿌리를 뽑을 수 있소이다. 그렇지 않으면 사람들 사이에 퍼져나가는 건 금방이거든. 왜 그런지 아시오?"

차혁주가 고개를 젓자 김석충이 헛기침하고 입을 열었다.

"사람들의 욕망을 건드려서 이성을 잃게 만든다오. 자기들이 말하는 세상이 오면 출세도 할 수 있고 부자도 될 수 있다고 하니까 무지렁이들이 안 따르는 게 이상하지. 그것들은 병균 같은 것들이오. 무오년 독감*보다 더 지독한 것들이외다."

"자청이가 납치된 곳은 살고 있던 집 뒤뜰입니다. 거긴 제 키보다 높은 담장과 쇠창살로 둘러싸인 곳이라 웬만한 남자들도 넘나들기 힘듭니다. 그런 곳을 여성들과 노인들이 넘어갈 수는 없습니다."

"어허, 아직 젊어서 그런지 세상을 너무 똑바로 보는군. 담장을 넘는 방법은 여러 가지가 있어요. 목말을 태워도 되고 사다리를 걸쳐도 되지. 만약 담장을 넘어가는 사다리를 잡아줬다면 그자는 죄가 있을까, 없을까?"

"그걸 왜 경찰이 판단합니까? 법원이 판단해야지요."

---

* 1918년 조선에 퍼진 독감. 스페인 독감이 건너온 것으로 약 742만 명이 감염되었고 그중 약 14만 명이 사망한 것으로 추정된다.

차혁주의 말이 끝나기가 무섭게 웃어대던 김석충은 장죽을 들고 보료에서 일어나 맞은편 창가로 걸어갔다. 띠처럼 길게 이어진 산맥과 평원이 차츰 어둠 너머로 물러나는 중이었다.

"저기 저 땅들은 우리 집안 대대로 내려온 땅이지."

"어디 말입니까?"

차혁주의 질문에 그가 피식 웃었다.

"눈에 보이는 전부가 우리 집안 땅이야. 왜정 때도 도박이나 독립운동에 홀려서 가산을 탕진하지 않았지. 그런데 광복되고 나서 저 땅이 자기 거라고 생떼를 쓰는 자들이 늘어났지. 땅문서도 없고 고작 소작이나 부쳐먹던 것들이 세상이 바뀌었다고 눈이 벌게져서 달려온 것을 잊을 수가 없네. 광복되고 나서 1년쯤 후인가에 그들이 몰려와서 동점골에 있는 우리집을 쑥대밭으로 만들었어. 대나무를 엮은 다발로 처마를 들어올리면 기둥을 넘어뜨릴 수 있지. 얼마 전까지만 해도 제발 소작을 부쳐먹게 해달라고 코가 땅에 닿도록 애원하던 것들의 소행이었지."

"그래서 그들을 몽땅 때려잡기로 마음먹었습니까?"

"세상은 질서가 있어야 하는 법이고, 질서가 있어야 평화롭게 살 수 있지. 내 땅을 내놓으라고 억지를 부리는 자들은 그런 질서를 유지할 능력이 없네. 대신 예전처럼 얌전히 고개를 수그리는 자들에게는 계속 소작을 주고 있지."

"그게 폭력과 공포로 질서를 유지하는 명분입니까?"

"사람은 그런 존재니까. 왜정 때는 얌전하게 지내던 것들이 세상이 바뀌었다고 갑자기 돌변하는 걸 보면 나같이 생각할 걸세."

"그렇게 지배해서 뭘 얻으려고 하십니까? 국회의원에라도 나가실 생각입니까?"

"그랬다면 진즉에 나섰겠지. 나는 선거라는 것도 마음에 안 들어. 어찌 나라를 통치하는 사람을 아랫것들이 뽑는단 말인가? 그러니 없는 자들이 딴마음을 품고 날뛰는 것이지."

"그래서 빨갱이들을 미워하시는 겁니까?"

"내 집을 불태우고 가족들을 죽인 자들을 미워하는 게 정상이지. 게다가 그자들이 이 나라를 갉아먹고 있는 중이야. 내 아버지를 죽창으로 찔러 죽인 빨갱이를 잡아온 적이 있었지. 잘못했다고 하면 곱게 죽이려 했는데, 끝까지 버텨서 망치로 손가락과 발가락을 모두 으스러뜨리고 이를 뽑았는데도 끝끝내 버티더군. 나중에는 사람이 아닌 몰골이 되었는데도 숨을 헐떡거리면서 욕을 했지. 그런 자를 어떻게 굴복시켰는지 아는가?"

차혁주가 고개를 젓자 김석충이 장죽을 입에 물고 담배 연기를 길게 내뿜었다.

"그자 어머니의 목을 잘라 그자의 자식이 들게 했지. 그랬더니 바로 자식을 살려달라고 애원하더군. 그래서 내가 어떻게 했는지 알아?"

"용서해주셨습니까?"

"어림도 없는 소리. 자식의 목을 잘라 어머니의 목과 함께 그 자가 볼 수 있는 곳에 놔뒀지. 그리고 며칠 있다 풀어줬어."

"왜 죽이지 않은 겁니까?"

"그럴 필요가 없었어. 똥오줌도 못 가릴 정도로 미쳐버렸으니까. 그때 보고 깨달았지. 저 천둥벌거숭이 같은 자들을 무엇으로 다스려야 하는지를 말이야."

씩 웃으며 하는 김석충의 말에 소름이 돋은 차혁주는 경찰지서에 끌려온 사람들이 겪을 고초를 떠올렸다.

"죄 없는 사람들을 괴롭히면 나중에 무슨 보복을 당할지 모릅니다."

"걱정 말게나. 복수도 힘이 있는 자들이 하는 거니까."

"민보단 책임자로서 이런 불법적인 일이 벌어지는 걸 묵과할 수는 없습니다."

차혁주가 강하게 나오자 그는 웃음으로 응답했다.

"처음 볼 때부터 나서기 좋아하는 성격이라는 걸 눈치챘지. 자네 같은 외지인들에게는 이곳에서 벌어지는 일들이 우스꽝스럽고 야만적으로 보이겠지. 하지만 모든 일에는 이유가 있는 법이지. 겨우내 운해읍이 빨치산 손에 있었지만 집 한 채 안 타고 온전히 남아 있는 것은 우리의 힘이었어."

"빨치산 가족들을 죽이겠다고 협박해서 말입니까?"

"협박이 아니라 실제로 그럴 생각이었지. 다행히 그자들이 말

귀를 알아먹더라고."

장죽을 손에 쥔 채 소리 없이 웃는 김석충의 모습에 차혁주는 암담함을 느꼈다. 그는 눈에 보이는 세상을 자기 뜻대로 움직이게 만들고 싶은 모양이었다. 욕심이나 탐욕이 들어설 구석이 있는 것도 아니고 돈과 권력이 충분했기 때문에 매수나 협박도 통하지 않을 터였다. 차혁주의 표정을 살피던 김석충이 돌아서서 보료 위에 앉았다.

"이곳에 남을 생각은 없소, 중위?"

"군인은 발령받은 곳으로 가야만 합니다."

"자네가 원한다면 이곳에 쭉 있게 해줄 수 있네."

"그 대가로 저에게 뭘 원하십니까?"

"자네가 아는 세상으로부터 잠깐 멀어지게."

"어떻게 말입니까?"

"눈을 감으면 돼."

단호한 김석충의 말에 차혁주는 코웃음쳤다.

"그러면 앞을 볼 수 없습니다."

"천만에. 눈을 감으면 그동안 보지 못했던 세상을 보게 될 것일세."

자신만만하게 말하는 그에게 차혁주가 대꾸했다.

"시간을 주십시오."

"흥미로운 대답이군. 얼마나 필요한가?"

"일주일이요."

"저런, 저런."

혀를 찬 그가 장죽으로 재떨이를 두드리면서 웃었다.

"나이를 먹으면 좋은 점이 뭔 줄 아나? 상대방의 거짓말을 간파할 줄 안다는 거야. 생각할 시간을 달라 하고 그사이에 사건을 해결하려는 것 아닌가?"

속내를 간파당한 차혁주는 애써 표정을 감추었다.

"지금 당장 결정할 수는 없으니까요. 그렇게 자신만만하시면서 그사이에 제가 뭘 하든 신경쓸 필요가 있으십니까?"

"패기 하나는 마음에 드는군. 오늘부터 사흘을 주겠네."

"해가 떨어졌으니 사실상 이틀이군요."

"저런, 저런."

김석충이 혀를 차며 말했다.

"불평은 그게 통할 때나 하는 게야. 그게 통하지 않을 때는 잠자코 받아들이거나 아니면 못 하겠다고 자리를 박차고 나가는 것 둘 중 하나를 선택해야지. 어느 쪽을 선택할 건가?"

선택의 여지가 없음을 깨달은 차혁주는 아랫입술을 깨물었다.

"그때까지는 체포된 용의자들을 그냥 두셨으면 좋겠습니다."

"전화를 따로 넣도록 하지. 그 정도면 생각을 바꾸기에는 부족하지 않을 거야."

며칠 더 여유를 달라고 하려던 차혁주는 김석충의 차가운 눈빛을 보고 더이상 입을 열지 못했다.

이야기를 마친 차혁주가 일어나자 김석충은 여유롭게 장죽으로 담배를 빨았다. 군화를 신고 댓돌에서 내려온 차혁주는 문가에 서서 지켜보는 점박이와 눈이 마주쳤다. 문을 열어준 그가 한발 옆으로 물러났다.
"서청 일을 하는 줄 알았네."
"어르신 명으로 가끔 도와주러 갑니다."
공손하게 대답한 점박이의 말뜻을 알아차린 차혁주가 희미하게 웃었다.
"감시하는 중이군."
"안녕히 가십시오. 손씨! 중위님 나가신다!"
점박이가 대문을 향해 소리치고는 별채 안으로 들어가 문을 닫았다. 고개를 돌린 차혁주의 눈에 누각 유리창 너머에서 이쪽을 바라보는 김석충의 모습이 들어왔다. 모든 것을 지배하고야 말겠다는 그의 야망은 이제 막 깔리기 시작한 어둠 속으로 짙게 드리워졌다. 대문을 지키는 상이군인 손씨에게 카빈총을 넘겨받은 차혁주가 물었다.
"어디서 다쳤나?"
"춘천에서 다쳤습니다. 6사단 소속 선임하사였습니다."
"목발을 안 쓰고 의족을 쓰면 불편하지 않나?"

질문을 받은 상이군인 손씨가 씩 웃었는데, 얼굴의 화상 때문에 마치 우는 것처럼 보였다.
 "그럼 한쪽 손을 못 쓰게 됩니다. 다리도 불편하고 얼굴도 이 모양인데, 한쪽 손까지 못 쓰면 사람대접을 받지 못합니다."
 차혁주는 처연함과 냉혹함이 뒤섞인 눈빛으로 자신의 멀쩡한 두 다리를 내려다보던 상이군인 손씨의 시선을 피해 고개를 돌렸다. 메마른 소리와 함께 대문이 닫혔다. 그렇게 닫힌 대문을 뒤로한 채 어둠에 쫓기듯 서둘러 읍내로 돌아왔다. 사흘이라는 시간과 함께.

사흘

 다음날, 김석충과 약속한 사흘 중 두번째 날이 밝자 차혁주는 바쁘게 움직였다. 사무실에 집결한 민보단원들에게 간단한 지시사항을 내리고 아랫골의 방어시설을 점검한 뒤 곧장 읍내로 돌아갔다. 점심 무렵의 읍내에서는 구례군에서 보낸 목탄 트럭이 막 도착해 구호물자를 나누어주고 있었다. 경찰지서 근처 햇볕이 잘 드는 공터에는 미군들이 슈샤인보이라고 부르는 구두닦이들과 가짜 양담배를 파는 노점상들이 줄줄이 늘어서 있었다. 경찰지서 마당에 잡혀 있던 용의자들은 모두 보이지 않았다. 경찰지서 내에 구금된 것 같았는데, 다행히 비명소리는 들리지 않았다. 차혁주는 나지막이 한숨을 쉬고 곧장 목적지로 향했다.
 "어머, 어머, 어서 오세요!"

은하수다방 문을 열고 들어서자 백분을 얼굴에 바르고 있던 방울이가 반색했다.

"아침에 까치가 울어서 어떤 분이 오시려나 했는데 중위님이시네."

차혁주는 다방 안에 손님이 없는 것을 확인하고 말했다.

"커피 한 잔 주십시오."

"그럼요. 잠시만 기다리세요."

차혁주는 부리나케 물을 끓이러 가는 방울이를 힐끔 바라보고 지난번에 장상천과 이야기를 나누었던 곳으로 들어갔다. 잠시 후 김이 모락모락 나는 커피를 들고 그녀가 들어왔다. 그 짧은 시간에 화장을 마쳤는지 온통 허연 얼굴에 당장 피가 떨어질 것 같은 붉은 립스틱이 발라져 있었다. 차혁주는 호들갑을 떠는 방울이가 자리에 앉기를 기다렸다가 물었다.

"며칠 전 운심씨와 여기서 만났다고 하던데요."

"와서 차 한잔하고 갔어요. 운심이 얘기 물어보려고 오신 거예요? 걘 지서장 여편네라고요."

"둘이 아는 사이였습니까?"

"어머. 제가 걔랑 아는 사이라는 게 신기하세요?"

방울이가 새초롬하게 눈을 뜨며 말하자 차혁주는 달래는 말을 건넸다.

"사람 운명이라는 게 어떻게 될지 모르는 일이잖아요. 나만 해도 군인이 될 줄은 꿈에도 몰랐는데, 이렇게 중위 계급장을 달고 있으니까요."

다소 누그러진 그녀가 커피잔을 앞쪽으로 밀어놓으며 한숨을 쉬었다.

"맞아요. 옛날에는 잘 아는 사이였죠. 그런데 그 얘긴 왜요?"

"어쩌다보니 사건을 조사하게 되어서 말입니다. 알아보니까 주변에 친한 사람이 없더군요."

"너무 안에만 틀어박혀 있으니까 그렇죠. 지가 무슨 공주도 아니고."

몹시 날이 서 있는 방울이의 반응을 보며 차혁주는 한밤중에 그녀의 집에서 몰래 빠져나오던 사람에 대해 물어보려다 그만두었다. 커피를 한 모금 마시면서 잠시 여유를 갖는 그에게 방울이가 먼저 말했다.

"15년 전에는 똑같았어요."

"어땠는데요?"

질문을 받은 방울이가 배시시 웃었다. 옛날의 좋았던 기억을 떠올린 것이 분명했다.

"운해읍에서 알아주는 신여성들이었죠. 경성에서는 단발머리에 종아리까지 올라오는 치마를 입었지만 여기서는 어림도 없는 일이었거든요. 그런데 광주 수피아여학교에 유학을 간 개랑 나랑 여름방학 때 그 차림을 하고 온 거죠."

"반응은요?"

"난리도 아니었죠. 버스에서 내리면서부터 수군대기 시작하고 뒤따라오면서 손가락질하고, 참다못해 돌아보면 딴청을 피우다가 다시 쫓아왔죠. 집에서는 동네 망신 다 시킨다면서 펄쩍펄쩍 뛰었고. 그 와중에 옆집 꼬맹이는 구경한다고 담장에 매달렸다가 혼이 나서 엉엉 울었죠. 열다섯 살이었는데 어디서 그런 용기가 났는지 모르겠어요."

"어릴 때부터 친하게 지냈나요?"

"손바닥만한 동네라 또래끼리는 자연스럽게 친해졌어요. 더욱이 광주로 유학을 간 여자아이는 우리 둘뿐이었거든요. 그해 여름방학이 마지막 학교생활이었어요."

"왜요?"

"수피아여학교는 원래 외국인 선교사가 세운 학교거든요. 그래서 신사에 참배하라는 조선총독부의 명령을 거부해서 폐교되었죠."

"그래서 운해읍으로 돌아왔나요?"

방울이가 허공을 쳐다보고 한숨을 쉬면서 대답했다.

"저는 돌아왔고 운심이는 경성으로 갔어요. 이화여전 음악과에 들어간 거죠. 떠나기 전에 한껏 차려입고 인사한다고 우리집에 찾아왔을 때는 정말 죽이고 싶을 정도로 미웠어요."

"당신은 여기 남았고요?"

"나도 경성으로 보내달라고 했는데, 어머니가 턱도 없는 소리 하지 말라고 해서 못 갔죠. 집안 형편도 어려웠고 여자가 공부를 너무 많이 하면 남자들이 싫어한다는 소리를 듣고 시집을 못 갈까봐 말린 거죠."

질투심에 가득찬 그녀의 모습이 언뜻 이해되었다. 차혁주가 말없이 커피를 한 모금 마시자 방울이가 축 처진 눈꼬리를 하고 말을 이었다.

"그리고 전 광주로 시집을 갔어요. 남편은 삼랑진역의 화부였는데 그럭저럭 살았죠. 그러다가 광복되고 남편이 갑자기 사업한다고 준비하다가 폐병에 걸려서 저세상으로 먼저 떠나더라고요. 참, 재수 없는 년은 뒤로 넘어져도 코가 깨진다더니 딱 그 꼴이지 뭐예요."

"그래서 운해읍으로 돌아온 겁니까?"

"절대 오고 싶지 않았어요. 먹고살려고 다방을 열었더니 누가 소문을 퍼트리는 바람에 부모님이 노발대발하셨거든요. 그래도 뭐, 어쩌겠어요. 먹고는 살아야 하잖아요. 그나마 딸린 애가 없어서 다행이었죠."

한숨을 푹 쉰 그녀가 뭔가를 찾는 눈치를 보이자 차혁주는 잽싸게 화랑 담배를 한 가치 건넸다. 그러고는 지포 라이터로 불을 붙여주었다. 그녀가 허공에 담배 연기를 내뿜고 말을 이었다.

"그러다 전쟁이 터지고 광주에 괴뢰군이 쳐들어온다 어쩐다

해서 할 수 없이 피란을 왔어요. 그런데 와보니까 집은 쑥대밭이 되어 있고, 부모님은 모두 돌아가시고 가족들도 흩어져버렸지 뭐예요. 다시 먹고살려고 이곳에 다방을 차린 거예요."

"운심이와는 언제 다시 만났습니까?"

"여기 와서요. 서울에서 좋은 집에 시집갔을 줄 알았는데 지서장 첩으로 들어앉았지 뭐예요. 팔자가 왜 그 모양인지……."

그녀의 흐릿한 말은 내뿜은 담배 연기와 함께 서서히 허공으로 흩어졌다.

"다시 만나보니까 어떻든가요?"

"첩 주제에 지가 무슨 공주도 아니고, 도도하고 아니꼽게 굴어서 짜증이 좀 났어요."

차혁주는 그럴 만도 하다는 사실을 인정했다. 같은 처지에 있다가 자신은 고작 다방 마담으로 일하는데, 친구는 비록 첩이지만 도도하게 살고 있는 모습을 보면서 질투심에 사로잡히는 것도 무리는 아니라는 생각이었다. 새초롬한 표정으로 담배를 피우던 그녀가 갑자기 바짝 붙어 앉았다.

"그나저나 중위님은 결혼 안 하셨어요?"

"안 했습니다."

"외모도 훤칠하고 친절하신 분인데 왜 결혼을 못 하셨을까?"

"공부하느라 미뤘는데 마침 전쟁이 터져서요."

거짓말이었다. 혼령이 아무 때나 찾아오는 상황에서 사랑하는 사람을 옆에 두고 싶지 않았다. 다행히 그녀는 차혁주의 말을 믿는지 별다른 의심 없이 넘어갔다.

"제 원래 이름은 영숙이에요. 앞으로 영숙이라고 불러주세요."
"그러겠습니다. 그날 운심이와 왜 만났습니까?"
"그냥 차 한잔하자고 했어요. 아무리 그래도 모른 척하고 지낼 수는 없어서 시간이 나면 오라고 했죠. 그런데 진짜 올 줄은 몰라서 막상 오니까 당황스럽더라고요."
"언제까지 있었습니까?"
"4시 좀 넘어서까지 있었어요. 처음에는 서먹했는데 옛날 수피아여학교 시절 얘기하니까 시간 가는 줄 몰랐죠. 그러다가 딸아이 저녁을 먹여야 한다고 갑자기 허둥지둥 일어났어요."
"특별히 이상한 점은요?"
"어떤 거요?"
그녀의 반문에 차혁주는 주저하다가 입을 열었다.
"그냥 시간을 끈다든지 하는 느낌은 안 받았습니까?"
"어머, 지금 운심이를 의심하는 거예요?"
"이번 일에는 모두를 의심해야 합니다."

다소 딱딱하게 내뱉은 그의 말에 방울이, 아니 영숙의 얼굴이 굳었다. 외부에서 침입하기 어렵다는 점과 더불어 빨치산들이 운해읍을 공격하던 날 운심의 집에서 누군가 몰래 나왔다는 점이 내심 마음에 걸렸다. 정황상 이운창은 아닐 테고 남들에게 말하지 못할 관계의 누군가를 만난 것이 분명했다. 그리고 그것이 자청이 납치와 살해에 영향을 끼친 것이 확실하다고 생각했다. 영숙은 생각에 잠겨 있던 그의 허벅지를 가볍게 쳤다.

"지금 무슨 생각해요?"

"그냥요. 그 죄 없는 어린아이를 대체 누가 죽였을지 생각중입니다."

"읍내에서는 빨갱이 소행이라고 하던데요."

"다들 믿는 게 사실이 아닐 때도 있으니까요."

"그럼 중위님은 누가 범인이라고 생각하는데요?"

"운심이에게 원한을 품은 사람일 겁니다."

영숙은 콧등을 찡그린 채 고개를 갸웃거렸다.

"걔한테 원한이요? 좀 재수가 없긴 하지만 운해읍에 돌아와서는 진짜 쥐 죽은 듯이 지냈어요."

"지서장에게 원한을 품은 누군가가 보복했을 수도 있습니다."

"결국 애꿎은 애만 죽었네요. 전쟁은 어른들이 일으켜놓고 왜 애들이랑 여자들이 죽어나가는지 모르겠어요."

따끔한 그녀의 말에 차혁주는 침묵했다. 차혁주는 더이상 할말이 없다는 표정을 지은 그녀에게 조심스럽게 물었다.

"친하게 지낸 사람이 있습니까?"

"저요? 운심이요?"

"학교 다닐 때는 가깝다고 했으니까 친했다면 둘 다겠죠."

"없어요. 남자애들은 괴롭힐 생각만 했고, 여자애들도 자기들이 못 다니는 학교를 다닌다고 질투했으니까요."

"여기로 돌아온 후에는요?"

"민망한 모습으로 돌아왔잖아요. 읍내에서 광주로 유학까지 갔는데 첩 노릇을 하고 있으니 바깥출입을 거의 안 했어요. 그래도 다방 마담이나 하는 저보다는 낫지만요."

"뭔가 생각나는 거 있으면 알려주세요."

"그럴게요."

차혁주는 이야기를 마치고 밖으로 나왔다. 벌써 해가 중천에 떠 있는 것을 보고는 마음이 급해졌다. 하지만 읍내 사람들 누구에게서도 단서를 얻을 수 없었다. 삶과 죽음의 갈림길에 여러 번 서보았던 그들이 외지인이라고 할 수 있는 자신에게 입을 열 리 없었기 때문이다. 낙담하던 그의 뇌리에 퍼뜩 생각이 떠올랐다. 이야기를 해줄 사람이 의외로 가까운 곳에 있다는 사실을 까맣게 잊고 있었다.

"운심이요?"

사무실에 있던 김삼복은 갑자기 들이닥친 차혁주의 물음에 얼떨떨한 표정을 지었다.

"친구의 여동생이라면서? 나를 데려간 것도 자네잖아."

"그, 그렇긴 한데 뭐가 궁금하십니까?"

"예전에 어떻게 지냈는지, 그리고 누구랑 친했는지가 궁금해."

"운심이야 읍내에서 모르는 사람이 없었죠. 공부도 잘했고, 얼굴도 예뻤으니까요."

"은하수다방 영숙씨와 같이 다녔다며?"

"영숙이가 그래요? 그냥 운심이가 끼워준 겁니다. 사실 둘은 사이가 엄청 나빴어요."

"왜?"

"질투 때문이죠. 영숙이가 운심이를 못 잡아먹어서 안달이었거든요. 운심이는 읍내에서 학교를 같이 다니는 사람이 영숙이밖에 없으니까 울며 겨자 먹기로 같이 다닌 거고요."

"영숙이의 말과는 상당히 다르군."

"걔는 입만 열었다 하면 거짓말입니다. 오히려 시집간 제 여동생 애자랑 더 가까웠죠."

"둘이 친했어?"

"보통학교를 같이 다녔어요. 졸업하고 운심이는 광주로 유학을 갔고, 애숙이는 집에 있다가 시집을 갔죠."

"다른 친한 사람은?"

주저하던 김삼복이 뜻밖의 인물을 털어놓았다.

"나동혁과 가까웠습니다."

"보아라부대 대장?"

김삼복은 창밖을 바라보다가 고개를 끄덕였다.

"보통학교를 같이 다녔습니다. 제 여동생이랑 영숙이, 그리고 동혁이랑요."

"어땠어?"

"동혁이요? 정말 찢어지게 가난한 집안에서 태어났어요. 토막민이라고 들어보셨습니까?"

"신문에서 봤어. 이곳에도 토막민이 있었나?"

"있다마다요. 땅 없고 집 없는 사람들이 읍내로 흘러들어와서 거적으로 움막을 짓고 살았죠."

"나동혁이 토막민 집안이었고?"

"동수골 근처에서 살았습니다. 그런데 머리가 좋아서 급사 노릇하면서 보통학교를 다녔는데도 성적이 좋았습니다. 장작을 패면서도 옆에 책을 놓고 볼 정도였다고 하니까 정말 대단한 친구였죠."

"그후에는?"

"보통학교만 겨우 졸업하고 읍내 상점에서 일하다가 몇 년 후에 홀연히 사라졌습니다."

"어디로 갔는데?"

김삼복이 고개를 갸웃거리며 입을 열었다.

"뭐, 만주로 갔다고도 하고, 철원 탄광에서 봤다는 사람도 있고, 경성에서 인력거를 끈다는 소문도 돌았죠. 그리고 광복이 되기 1년 전인가에 돌아왔습니다. 고생을 얼마나 했는지 얼굴을 알아보는 사람이 없었을 정도였습니다."

"그런데 어쩌다가 보아라부대 대장이 된 거지?"

"사연이 좀 복잡합니다. 담배 한 대만 피우고 말씀드려도 되겠습니까?"

"그래."

차혁주는 윗주머니에 넣어둔 화랑 담배를 담뱃갑째 건넸다. 냉큼 챙긴 김삼복이 그중 하나를 꺼내 입에 물고는 주머니를 뒤적였다. 그러면서 난처한 얼굴로 차혁주를 바라보았다. 무슨 뜻인지 알아차린 차혁주가 지포 라이터로 불을 붙여주었다.

"고맙습니다. 경찰에서 성냥개비를 하나씩 나눠줘서 담배를 피울 때마다 피곤합니다."

"빨치산에게 물자가 넘어가는 걸 막기 위해서라며?"

"그렇긴 한데 저 같은 골초한테는 견디기 힘든 일입니다. 아무튼 그 친구는 많이 달라졌습니다."

"어떻게 달라졌는데?"

"여기저기 많이 다녀서 그런지 아는 것도 많아지고 세상 물정에 밝아진 겁니다. 그러다가 일본이 미국에게 패한다고 떠들고 다니다가 산으로 도피했습니다."

"저런, 광복된 후에야 돌아왔겠군."

"돌아와서는 여운형이 만든 건준인가 하는 단체에 가담해서 조선인 경찰들을 잡아다가 가두었죠. 하지만 구례로 들어온 미군이 그 경찰들을 다시 풀어줬다고 합니다."

"그들이 가만있지 않았겠군."

차혁주의 말에 김삼복이 쓴웃음을 지었다.

"계속 시달리니까 결국 견디지 못하고 다시 산으로 올라갔죠. 그러다가 어느 순간에 빨치산이 된 겁니다."

차혁주는 이야기를 듣고 혀를 찼다. 그런 일은 서울을 비롯해 광복된 조국 도처에서 벌어졌다. 새로운 나라를 만든다는 꿈에 부풀어 있던 그들은 예전과 똑같이 경찰들과 공무원들이 그대로 자리를 지키고 반민족행위특별조사위원회가 무산되는 것을 보고 좌절했다. 변하지 않은 세상은 그들에게 아직 저항이 끝나지 않았다고 속삭였고 겉으로는 친일파를 처단하고 토지 분배를 실시한 북쪽이 매력적인 대안처럼 보였다. 결국 38선은 전쟁터가 되었고 한반도 전체가 지옥이 되고 말았다. 그것이 뭔지 제대로 알지 못하는 유령 같은 이념 때문에 서로 죽고 죽이게 된 것이다.

"지옥이나 다름없었겠군."

차혁주가 혼잣말을 중얼거리며 바라보자 김삼복이 담배를 한 모금 깊게 빨고 입을 열었다.

"그후로는 야산대 대장 노릇을 하면서 북한에 가서 김일성도 여러 번 만나고 왔다고 하더라고요. 경찰들이 토벌하려고 했는데, 워낙 신출귀몰해서 꽁무니만 쫓다가 말았죠."

"그런데 어쩌다가 투항한 거지?"

"정확히 모르겠습니다. 전쟁이 터지기 전부터 입산한 구빨치였고, 부하들이 워낙 많아서 남부군 사령관 이현상도 함부로 못했다고 하더라고요. 그런데 작년 겨울에 부하 몇 명을 데리고 불쑥 나타나서 투항했답니다. 뭐, 소문은 여러 가지가 돌았지만요."

"어떤 소문?"

"보급 투쟁을 하러 산에서 내려왔다가 만난 여자를 못 잊어서 투항했다는 소문이요. 투항하는 와중에 이현상이랑 틀어지면서 원수지간이 되었다고 하는데, 지금도 잡으러 다닌다고 하는 걸 보면 틀린 말 같지는 않습니다."

"그 이후에 보아라부대를 이끌고 빨치산들을 토벌하러 다니는 건가?"

차혁주는 도착한 직후에 죽은 아이의 변사체를 살펴보다가 마주쳤을 때의 모습을 떠올렸다. 마치 유령처럼 나타난 그는 홀연히 사라졌다.

"투항했다고는 하는데 살아남으려면 싸워야죠."

"싸움이 끝나면?"

피식 웃은 김삼복이 재떨이에 담배를 끄면서 대답했다.

"일단 살아남은 다음에 생각해봐야 할 문제겠네요."

이야기를 들은 차혁주는 생각에 잠겼다.

"나동혁을 만나려면 어떻게 해야 하지?"

"워낙 신출귀몰해서 쉽게 못 만날 겁니다."

"젠장."

짜증을 낸 차혁주는 위층에서 이상한 소리가 들리는 것을 깨달았다. 김삼복이 바라보면서 말했다.

"전화가 온 모양입니다."

김삼복의 말을 듣고 후다닥 2층 방으로 뛰어올라갔다. 문을 열자 정말로 탁자 구석에 놓인 자석식 전화기가 시끄럽게 울리고 있었다. 숨을 고른 그가 수화기를 들었다.

"통신보안. 운해읍 민보단 대장 차혁주 중위님이십니까?"
"그렇다."
"육본입니다. 잠시 대기해주십시오."

딸깍거리는 소리와 함께 잠시 침묵이 흘렀다. 그리고 귀에 익은 목소리가 들렸다.

"차 중위? 나 한 중령이야."
"직접 전화를 주시고 어쩐 일이십니까?"
"육본으로 곧 발령이 날 테니까 준비하고 있어."

깜짝 놀란 그가 전화기를 고쳐 잡고 물었다.

"벌써요? 아직 인사 이동할 때도 아니지 않습니까?"
"일이 그렇게 됐어. 육군참모총장이 사임하셨네."
"이종찬 장군이요? 무슨 일로……."

더 캐물으려던 차혁주는 운해읍으로 올 때 들은 이야기가 떠올랬지만 교환수의 존재를 떠올리고는 입을 다물었다.

"그래서 인사 이동이 당겨졌는데 정훈 쪽으로 자리가 났어. 경쟁자들이 워낙 많아서 혹시나 하고 들이밀었는데 위에서 선뜻 오케이가 났지 뭐야."

껄껄거리며 웃는 한 중령의 웃음 너머로 누군가의 존재가 느껴지자 온몸에 소름이 돋았다. 결국 김석충은 그를 믿지 않은 것이다. 그가 선심 쓰듯 이야기한 사흘이라는 기간도 결국은 밀어내기 위해 필요했던 시간이었다는 결론이 나자 등으로 식은땀이 흘렀다.

"아무튼 조만간 인사 이동 날 거니까 그렇게 알고 준비해."

"언제 납니까?"

"왜? 빨리 오고 싶어?"

"그런 게 아니라 처리해야 할 일이 있어서요."

"모레쯤 명령이 내려올 거야. 사단에 얘기해서 차 보내라고 할 거니까 그거 타고 대전으로 와."

"감사합니다. 그나저나 이런 내용을 얘기해도……."

걱정스러워하는 차혁주의 말에 한 중령이 웃음을 터트렸다.

"걱정 마. 교환병은 내 고향 후배니까. 나한테 전화할 일이 있으면 이때쯤 하게."

"알겠습니다."

"암튼 며칠 있다 보자고."

전화를 끊은 차혁주는 마음이 더없이 복잡해졌다. 사실은 한시라도 빨리 혼령으로 득실거리는 이곳에서 떠나고 싶었다. 하지만 이런 상황에서 손을 털고 갈 경우 경찰지서에 잡혀간 사람들은 모두 살아서 나오지 못할 것이 뻔했다. 그리고 죽은 사람들이 모두 자신을 따라다니면서 원망의 눈길을 보내지 않을까 하는 두려움도 들었다. 마음이 복잡해진 그는 착잡한 심정으로 창밖을 바라보았다. 무덥고 습한 공기 때문인지 세상이 일그러져 보였다. 창가에 기댄 채 한숨을 쉬고 있는데 아래층에서 시끄러운 소리가 들려왔다. 문을 열자 소리가 명확히 들렸다.

"우리 손녀딸 좀 살려줘."

"아니, 그걸 여기 와서 얘기하시면 어떡해요?"

"대장 좀 나오라고 해."

차혁주는 옥신각신하는 덕보 할머니와 김삼복의 목소리를 들으며 계단을 내려갔다. 눈물범벅인 상태의 덕보 할머니가 냉큼 달려왔다.

"대장님. 우리 손녀딸 좀 살려주세요."

"지금 상황이 어떻습니까?"

덕보 할머니가 옷고름으로 눈물을 닦으며 힘없이 한숨을 내쉬었다.

"감옥에 가둬놓고 물 한 모금 안 주는 모양입디다. 먹을 걸 싸서 갖고 갔는데 문전박대를 당했어요."

지난번 만났을 때의 덕보 할머니의 날카로움은 온데간데없이 사라졌고 지금은 그저 손녀딸이 걱정되는 늙은 할머니일 뿐이었다. 혼령을 만나고 그 존재를 느끼는 것은 살아가는 데 별 도움이 되지 않았다. 차혁주는 어차피 이운창을 만날 생각을 하고 있었기에 한번 나서보기로 했다. 표정을 살핀 김삼복이 만류했다.

"섣불리 나서다가 일이 어려워질 수 있습니다."

"마냥 기다리고 있는 것도 좋은 방법이 아닐 때가 있어. 너무 걱정하지 말게."

차혁주는 차마 육군 본부로 발령이 났다는 말을 꺼내지 못하고 김삼복을 안심시킨 후에 밖으로 나왔다. 벗겨진 고무신을 다시 신은 덕보 할머니가 안절부절못하며 발걸음을 옮겼다. 말없이 뒤따라가던 차혁주는 경찰지서로 들어가려는 덕보 할머니를 막으려는 경찰들에게 말했다.

"지서장을 만나러 왔네."

주저하던 경찰들 중 나이든 이가 입을 열었다.

"잠시만 기다려주십시오."

경찰지서 안으로 들어간 경찰이 나올 때까지 차혁주는 덕보 할머니를 달랬다.

"내가 차라리 멀리 떠났어야 이런 꼴을 안 당했는데……."

"어딜 가든 마찬가지였을 겁니다."

차혁주가 덕보 할머니와 이야기를 나누는 동안 안으로 들어갔던 경찰이 나왔다.

"따라오십시오. 혼자만 들어오시랍니다."

차혁주는 덕보 할머니에게 기다리라는 말을 남기고 경찰을 따라 안으로 들어갔다. 일제강점기 때 지어진 경찰지서 건물은 2층으로 되어 있었는데, 현관 계단이 제법 높았다. 문을 열고 안으로 들어가자 담배 연기가 가득한 방에서 고함소리가 사방에서 들려왔다. 멸공이라고 적힌 포스터들이 벽에 빼곡하게 붙은 가운데 한쪽에서는 흑판 앞에 모여 회의를 하고 있었고, 다른 한쪽에서는 소총을 분해해 결합하는 연습을 하고 있었다. 잡혀온 사람들이 어디 있을까 두리번거리는데 아래층에서 올라오는 계단이 보였다. 현관 계단이 높은 이유가 지하감옥 때문이라는 사실을 뒤늦게 깨닫고 차혁주는 심정이 한층 답답해졌다. 안내해주는 경찰을 따라 2층으로 올라간 차혁주는 복도 끝에 지서장실이라고 적힌 방을 보았다. 경찰은 그쪽이라 손짓하고 계단을 도로 내려갔다. 차혁주는 심호흡하고 긴 널빤지가 깔린 복도를 지나 지서장실로 향했다. 문을 두드리려고 하자 안에서 먼저 들어오라는 소리가 들렸다. 머쓱해진 그가 안으로 들어가자 이운창이 책상에 발을 올려놓은 채 담배를 피우고 있었다. 위로 반쯤 열린 등뒤 유리창으로 뒤뜰 쪽의 소음이 들려왔다. 책상 앞자리를 권한 그가 담배를 한 손에 쥔 채 차혁주를 건너다보았다.

"어쩐 일이오? 중위."

"며칠 전 체포한 사람들의 처분이 궁금해서 왔습니다."

"그건 경찰의 일이라 중위가 관여할 문제가 아니외다."

이운창의 날선 목소리에 차혁주는 고개를 저었다.

"관여하자는 게 아니라 문의하러 온 겁니다. 마침 아는 분이 면회를 부탁하기도 했고 말입니다."

"눈에 넣어도 아프지 않을 딸이 죽었단 말이오. 생각 같아서는 창고에 모아놓고 싹 불을 질러버리고 싶은데, 참고 있다는 것만 알아두시오."

"진범을 잡고 싶은 생각이 없으십니까? 그렇게 엉뚱한 사람을 죽이는 동안 진범은 유유자적하게 웃고 다닐 겁니다."

"지하감옥에 있는 연놈들 중에 있겠지. 없으면 또 찾아서 잡아들이면 되고."

"그렇게는 진범을 못 잡을 겁니다."

"왜? 귀신이 와서 진범이 따로 있다고 알려주기라도 했소?"

차혁주는 책상에 올려놓은 다리를 까닥거리며 묻는 이운창의 모습을 보며 이상한 점을 느꼈다. 슬픔 대신 극도의 증오심과 원한을 느꼈기 때문이다. 보통 가족을 잃으면 슬픔과 분노를 동시에 느낀다. 하지만 대부분 분노는 슬픔을 넘어서지 못한다. 하지만 이운창은 정반대였다. 살인자에 대한 극도의 원한이 딸을 잃은 슬픔을 완전히 압도해버린 것이다.

"거, 재수 없게 왜 그렇게 얼굴을 뚫어지게 보는 거요?"

이운창의 말에 차혁주는 시선을 거두고 서둘러 입을 열었다.

"따님은 저택 뒤뜰에서 납치당했고, 거긴 담장도 높거니와 쇠창살이 있습니다. 경찰지서도 코앞이고요."

"그래서 안심했던 거요. 이럴 줄 알았으면 보초라도 세워뒀는데 말이오."

분하다는 표정을 지은 그에게 차혁주가 말했다.

"여러 가지 정황상 범인은 우리가 예상하지 못한 인물입니다."

"그래서 저들을 풀어주란 말이오? 어차피 빨갱이 가족들이라 처벌해야 할 족속들이었소."

"죽일 때는 죽이더라도 절차를 밟아야 뒷말이 안 나오지 않겠습니까?"

"절차는 무슨 얼어죽을 놈의 절차!"

주먹으로 책상을 꽝 하고 내리친 이운창이 담배 연기를 허공에 내뿜었다.

"빨갱이들은 그저 때려잡으면 그만이야."

"그러다가 죄 없는 사람이 죽으면요? 몇 달 동안 아이들이 다섯이나 죽었는데, 다들 빨갱이 잡는다고 신경을 안 썼습니다. 그 결과가 바로 지서장님 딸이 변을 당한 것이고 말입니다."

"닥쳐!"

쇳소리 같은 고함과 함께 자리를 박차고 일어난 이운창이 부들

부들 떨었다.

"한마디만 더 하면 가만두지 않겠어!"

차혁주도 지지 않고 소리쳤다.

"사람을 함부로 죽이면 어떻게 되는 줄 압니까?"

의자에서 일어난 그는 반쯤 열린 유리창을 바라보면서 말을 이었다.

"억울하게 죽은 혼령들이 달라붙습니다. 그리고 끊임없이 저주의 말을 퍼붓죠. 그렇게 되면 잠을 제대로 못 자고 환청에 시달립니다. 병치레도 잦아지고, 무엇보다 가족들이 안 좋은 일을 당할 확률이 높아집니다."

"그래서 지금 내 곁에 혼령들이 득실거린다는 거야?"

차혁주는 일부러 뜸을 들이면서 주변을 바라보는 척했다. 그러고는 천천히 고개를 끄덕였다.

"아주 많이 있군요."

"그깟 귀신 따위가 날 어쩌지는 못해. 혹시나 해서 만났더니, 고작 그런 얘기로 내가 겁먹을 줄 알아?"

"겁주는 거 아닙니다. 사실 그대로 얘기하는 거지."

차혁주는 더 이야기해보아야 통하지 않겠다고 판단하고 몸을 돌려 문으로 향했다. 그러자 이운창이 의자에 앉으며 말했다.

"영감탱이가 참으라고 해서 기다리겠지만 그후에는 밖에다가 끌어다놓고 한 놈씩 때려죽일 거야. 보란 듯이 말이지."

"그 안에 범인을 잡아다가 눈앞에 끌고 오겠습니다."

"그자가 범인인지 아닌지는 내가 결정해."

"아뇨. 진실이 결정할 겁니다."

문고리를 잡고 몸을 돌리는 차혁주의 말에 이운창이 낄낄거렸다.

"운해읍에서 그런 걸 결정할 수 있는 사람은 몇 명 없어. 나머지는 그냥 살려만 둔다면 시키는 대로 하지. 그러니 헛된 꿈은 꾸지 마."

험악한 표정을 지은 이운창을 힐끔 바라보며 차혁주가 대꾸했다.

"두려워하고 있군요. 몹시."

차혁주는 문을 열고 밖으로 나와 아래층으로 내려왔다. 현관을 나서는데 뒤뜰 쪽에서 부르는 소리가 들렸다.

"어이! 중위님 아니십니까?"

고개를 돌리자 머리를 짧게 깎은 장상천이 있었다. 여전히 미군 군화를 잘라서 만든 각반을 차고 훈련화를 신은 미군 야상 차림이었다. 한 손으로 짧게 자른 머리를 쓰다듬으며 그가 말을 건넸다.

"여긴 어쩐 일이십니까?"

"협의할 일이 있어서 왔네. 자넨?"

"뒷마당에서 훈련중입니다."

"무슨 훈련?"

질문을 받은 장상천이 뒤뜰 쪽을 바라보았다.

"지난번에 빨치산들이 쳐들어왔을 때 본의 아니게 비겁한 모습을 보였잖습니까? 그래서 심기일전하기 위해 삭발하고 훈련하고 있었습니다."

뒤뜰에는 소총을 든 서북청년단 단원들이 줄을 지어서 제식훈련을 하고 있었다. 독이 바짝 오른 섬뜩한 눈빛의 장상천이 덧붙였다.

"요즘 여기저기 들쑤시고 다니신다고 들었습니다."

"궁금한 게 있어서 조사중이야."

"요즘 같은 세상에 호기심은 별로 좋은 습관이 아닙니다."

"죽는 건 더 안 좋지. 안 그런가?"

"그야 두말할 나위 없고요."

"아이들이 죽은 게 더 안 좋은 것 아닌가?"

움찔한 장상천이 히죽거리며 대답했다.

"뒤지는데 애, 어른이 어디 있겠습니까? 죄가 있으면 죽는 거죠."

"그 아이들은 무슨 죄가 있었지?"

허리에 손을 올린 차혁주의 물음에 장상천이 성난 표정으로 고개를 가로저었다.

"여기는 많은 일이 벌어진 곳입니다. 그냥 겉으로만 봐서는 모르는 일투성입니다."

"그래서 지서장의 딸이 죽었나?"

"걔를 죽인 범인은 내 손으로 잡아서 요절을 낼 겁니다."

주먹을 불끈 쥔 장상천의 말에 차혁주가 고개를 절레절레 내저었다.

"먼저 죽은 아이들만 조사를 잘 했어도 자청이가 죽는 일은 없었어. 소 잃고 외양간 고치는 격이지."

"어쨌든 더이상 조사한다고 여기저기 들쑤시지 마십쇼. 알아듣게 얘기해놨으니까 어차피 물어봐도 대답해주지 않을 겁니다."

"지금 조사를 방해하는 건가?"

차혁주가 메마른 목소리로 묻자 장상천이 발밑에 침을 뱉고 대답했다.

"그 문제가 불거지면 일단 읍내 사람들부터가 나서서 말릴 겁니다. 그게 자신들에게 어떤 식으로 불똥이 튈지 모르기 때문이죠."

히죽거리는 그에게 차혁주가 담담하게 말했다.

"그런 식으로 언제까지 사람들을 지배할 수 있다고 믿는 거지? 만약 이번 살인사건 범인이 경찰이나 서청에서 나온다고 해도 읍민들이 예전처럼 수그리고 지낼까?"

"이봐요. 중위 나리. 우리 중에 범인이 있다는 증거가 있습니까?"

"왜? 완벽하게 범행을 감췄다고 생각해? 사실 허점이 많이 있었는데 말이야."

이후 말없는 눈싸움이 이어졌다. 짜증난 표정을 지은 장상천이 주머니에서 사탕 하나를 꺼내 입안에 넣었다. 그때 차혁주는 바스락거리는 껍질 소리를 듣고 잠시 소름이 돋았다. 효숙이 죽은 갈대밭에서 본 사탕 껍질 때문이었다. 사탕 껍질을 주머니에 넣은 장상천이 그에게 다가와 속삭였다.

"어차피 시간도 내일 하루밖에 남지 않았습니까? 그러니 얌전히 지내다가 돌아가십시오. 몸 생각도 하셔야죠."

차혁주는 몸을 기울인 장상천이 뒤춤에 꽂아둔 군용 대검을 보았다.

"충고 고맙네. 내 일은 내가 알아서 할 테니 다음에 총소리가 나면 다방에 숨어 있진 말게."

차혁주는 부들부들 떠는 그에게 덧붙였다.

"조만간 다시 봅시다."

차혁주가 돌아서는데 뒤에서 장상천이 침을 뱉으면서 재수 없다고 말하는 소리가 들렸다. 무시하고 정문으로 걸어간 그는 안절부절못하면서 기다리고 있던 덕보 할머니에게 다가갔다. 덕보 할머니는 그를 애타게 불렀다.

"어떻게, 우리 손녀딸."

"아무래도 면회는 힘들 것 같습니다."

덕보 할머니는 그 말을 듣고 그 자리에 주저앉아 땅을 치고 울었다. 더 할말이 없어진 차혁주는 미안하다는 말만 남기고 서둘러 자리를 떠났다.

차혁주가 도망치듯 서점 문을 열고 들어서자 여느 때처럼 책을 읽고 있던 오정운이 시선을 돌렸다.

"무슨 일 있었습니까?"

"갇혀 있는 사람들 때문에요."

"쉽사리 나오지 못할 것 같은데 말입니다."

"그나마 김석충과 담판을 져서 사흘을 벌기는 했지만 말입니다."

"오늘도 반나절이 지났으니 이제 하루 반 정도 남았군요."

"마지막 살인사건의 범인을 잡으면 이전의 살인범도 잡을 수 있을 것 같긴 합니다. 방식이 다르긴 하지만 결국 동일범 소행인 것 같으니까요."

"단서를 좁혀나가다보면 범인과 마주할 수 있을 겁니다."

의자에 앉은 차혁주는 힘없이 고개를 끄덕였다.

"방금 지서장을 만나고 왔는데, 독이 잔뜩 올랐습니다."

"딸이 죽었으니 그럴 만도 하지요."

오정운의 말에 차혁주는 곰곰이 생각에 잠겼다.

"그런 것과는 좀 다른 것 같습니다. 범인을 굉장히 미워하는데, 그 와중에 가족을 잃은 슬픔이 거의 느껴지지 않았습니다."

"슬픔이라는 걸 몰라서 그럴 겁니다. 죽이고, 빼앗고, 고문하는 데 익숙해져서 자신의 것이 사라지거나 파괴되었을 때 어찌해야 할지 모르는 거죠. 그저 자신의 것을 타인이 훼손했다는 데 분노할 뿐이죠."

"유령 같은 자로군요."

차혁주의 말에 오정운이 말없이 미소를 지었다. 서점 안 어둠에 익숙해지려고 노력하던 차혁주는 결국 참지 못하고 한마디했다.

"불은 안 켜실 겁니까?"

"성냥을 죄다 경찰지서에서 가져갔습니다. 성냥을 받으려면 먼저 쓴 성냥의 잔해를 가져가야만 하죠."

"얘기는 들었습니다."

"그래서 전 어둠 속에서 살기로 결심했죠. 지내다보면 익숙해지실 겁니다."

"이거 플래시라도 들고 오든지 해야지……."

그 말을 하는 순간 차혁주의 머릿속에 번뜩 생각이 떠올랐다. 벌떡 일어난 그는 제자리에서 빙빙 돌았다. 그의 방을 찾아온 아이들이 지포 라이터의 불빛을 뚫어지게 바라본 것이 떠올랐기 때문이다. 깨끗한 손과 빛이 아이들의 죽음과 깊은 연관이 있었던 것이다. 차혁주는 비로소 혼령으로 나타난 아이들의 행동을 이해하고 흑판 쪽으로 다가갔다. 그러자 책을 읽던 오정운도 시선으로 그를 좇았다.

"빛이었어요. 빛."

미친 사람처럼 중얼거리는 그의 모습을 보며 오정운이 물었다.

"빛이 단서가 됩니까?"

"반대요. 빛이 아니라 어둠이 단서가 됩니다."

흑판을 뚫어지게 바라보던 차혁주는 그동안 들은 이야기와 가 보았던 장소들을 떠올리면서 확신에 찬 목소리로 덧붙였다.

"아이들이 납치되고 살해된 시간은 모두 해가 떨어진 다음입니다."

"읍내 사람들은 해가 지면 밖으로 한 발자국도 안 나갑니다."

"그리고 그 시간에 움직이려면 빛이 있어야 하죠."

"읍내 사람들은 석유램프를 많이 씁니다."

심드렁하게 대꾸하는 오정운의 말에 차혁주는 고개를 저었다.

"그것으로는 앞을 내다볼 수 없습니다. 살인이 벌어지고 시신이 토막난 장소들은 모두 갈대밭이나 깊은 숲속이었습니다. 들어가려면 앞을 잘 비출 수 있는 것이 필요합니다."

차혁주는 효숙의 시신을 토막냈던 갈대밭 안을 떠올렸다.

"석유램프 같은 게 아니라면 어떤 것 말씀입니까?"

"군대에서 쓰는 플래시 같은 게 필요합니다."

손으로 버튼을 누르는 시늉을 한 그가 서점 안을 서성거렸다.

"흉기가 칼이라면 놈은 칼과 플래시를 동시에 사용한 겁니다.

그리고 그걸 갖고 다녀도 아무도 이상하게 여기지 않는 신분이 겠죠."

"그렇다면 용의자를 대폭 축소할 수 있겠군요. 일단 경찰들 상당수가 해당되겠군요. 빨치산들의 시신을 갖고 내려오기 귀찮으면 칼로 목을 끊어야 하기 때문이죠."

효숙의 시신을 발견한 갈대밭에서 만난 보아라부대원 일부가 피에 젖은 보자기를 허리춤에 매달고 이동하던 것이 생각났다. 차혁주는 그 안에 들었던 것을 떠올리며 온몸을 부르르 떨었다.

"그리고 서북청년단 단원들도 상당수가 칼을 차고 다닙니다."

"플래시는요?"

차혁주의 물음에 오정운이 잠시 기억을 떠올리는지 눈을 감았다가 뜨면서 대답했다.

"플래시는 몇 개 없어서 돌려가면서 쓰는 걸로 알고 있습니다."

"밤중에 산을 타는 보아라부대원들도 당연히 쓰겠죠? 그나마 민보단은 없군요. 게다가."

차혁주는 흑판에 분필로 손이라고 썼다.

"아이들의 손에 별다른 상처가 없었습니다. 그건 굉장히 무서운 상대로 알고 있거나 아니면 저항을 포기할 정도로 힘이 셌다는 거죠."

"플래시와 칼을 들고 다니고 밤중에 돌아다녀도 아무도 의심하지 않는 사람. 아이들이 겁에 질려 아무것도 못 할 사람이라면……."

오정운은 말을 잇지 못했다. 차혁주는 손이라고 쓴 글씨 옆에 장상천의 이름을 적었다. 그것을 물끄러미 바라본 오정운이 대답했다.

"설사 당사자를 찾는다고 해도 물증이 없는 한 자백하지는 않을 겁니다."

"하긴, 지서장의 딸을 죽였다고 자기 입으로 자백하지는 않겠죠. 그래도 유력한 용의자가 나온 셈이니까요."

"그 밖에는 누가 의심됩니까?"

오정운의 물음에 차혁주가 바로 대답했다.

"경찰은 아닐 것 같고, 서북청년단이 의심스럽습니다."

"어쨌든 한고비는 넘겼지만 이제 시작이군요."

기쁜지 슬픈지 알 수 없는 말투로 말한 오정운에게 뭐라고 대답하려는 찰나 어둠 속에서 총성이 울려퍼졌다. 창가로 가서 바깥을 살펴본 차혁주가 말했다.

"가까운 곳은 아닌 것 같은데, 일단 가보겠습니다."

대운서점을 박차고 나온 차혁주는 곧장 민보단 사무실로 뛰어갔다. 사무실에 남아 있던 김삼복이 총을 꺼내놓고 있었다.

"지리산 쪽이긴 한데, 혹시 모르니까 방비하는 편이 좋을 듯합니다."

"일단 모이는 대로 아랫골로 갈 테니까 단원들을 이끌고 뒤따라오게."

"그렇게 하겠습니다."

사무실 밖으로 나간 차혁주는 총소리를 듣고 달려온 민보단원 몇 명에게 총과 탄약을 나누어주고 아랫골로 향했다. 망루에서 감시하던 민보단원이 별 이상 없다는 신호를 보내자 차혁주는 안도의 한숨을 쉬고 단원들을 곳곳에 배치한 뒤 자신도 망루 아래에 자리잡았다. 잠시 후 김삼복과 나머지 민보단원들이 도착했다. 실전을 한 번 겪었고 그때보다 무장이 나아졌기 때문에 긴장감은 덜했다. 총성은 새벽까지 드문드문 이어졌지만 멀리 떨어진 곳이었다. 해가 서서히 뜰 무렵 아랫골 숲 쪽에서 부스럭거리는 소리가 들렸다. 그쪽으로 소총을 겨누는데 묵직한 목소리가 들려왔다.

"보아라부대다! 쏘지 마라! 지금 나가겠다!"

잠시 후 여기저기서 플래시 불빛이 보였다. 그리고 하나둘씩 모습을 드러냈다. 여전히 빨치산처럼 차려입은 그들은 두 손을 들고 조심스럽게 다가왔다. 얼굴을 알아볼 정도로 가까이 다가왔을 때 차혁주는 수염을 덥수룩하게 기른 나동혁을 알아보았다. 차혁주가 총을 치우라는 손짓을 하며 앞으로 나오자 나동혁이 안도의 한숨을 내쉬었다.

"밤중에 빨치산들을 쫓다가 역습을 당해서 중상자가 발생했습니다."

"이렇게 밤중에 움직이면 위험해."

"그래서 이쪽으로 왔습니다. 중위님은 보지도 않고 쏘실 분은 아니라고 판단했습니다."

잠시 후 보아라부대원 하나가 들것에 실려왔다. 그뒤로 마치 사냥한 짐승을 나무에 매달고 오는 것처럼 빨치산 시신 두 구를 들고 왔다. 의아한 눈길로 바라보는 차혁주에게 나동혁이 수염을 쓸면서 대답했다.

"전과를 인정받으려면 목이든 시신이든 있어야 하죠. 급해서 목을 자를 겨를이 없었습니다."

"일단 읍내로 들어가시오. 중상자 치료가 우선이니까."

차혁주가 손짓으로 김삼복을 불러 보아라부대를 읍내로 데리고 가라고 지시했다. 나동혁은 부하들이 움직이는 모습을 보며 그에게 조심스럽게 물었다.

"읍내에서 사건이 있었다고 들었습니다."

어떤 사건이냐고 물어보려던 차혁주는 금방 깨닫고 고개를 끄덕였다.

"이운창 경위의 딸이 죽었네."

나동혁의 무표정 속에 감추어진 놀람을 읽은 차혁주는 그의 어깨를 두드려주었다.

"죽은 아이 어머니와 아는 사이라고 들었는데."

"보통학교를 같이 다녔습니다."

"아는 사이면 가서 위로해줘. 상심이 클 거야."

"그러지요."

나동혁은 가볍게 고개를 숙여 인사한 뒤 운해읍 쪽으로 향했다. 차혁주는 그의 뒷모습을 보며 중얼거렸다.

"귀신도 제 말 하면 온다더니."

그러면서 지나가는 말로 맨 처음 만났을 때 소총에 매달고 다니던 십자가에 대해 물어보려는 찰나 뭔가가 떠올랐다. 급히 입을 다문 그는 어둠 속으로 사라져가는 나동혁의 뒷모습을 물끄러미 바라보았다.

용의자

 다음날 아침 숙소로 돌아와 잠깐 눈을 붙였던 차혁주는 눈을 뜨기 싫었다. 김석충이 말한 사흘의 마지막 날이 오늘이었기 때문이다. 초조한 그의 심정과는 달리 운해읍은 오랜만에 활기를 띠었다. 구례군에서 아침 일찍부터 장사꾼들을 태운 트럭이 도착했다. 그들이 경찰지서 앞에 좌판을 벌이면서 작은 장터가 생겨났다. 장사꾼들이 목청을 돋우며 손님을 부르자 읍민들이 하나둘씩 모여들었다. 개중에는 이발사도 있었는데, 긴 의자에 손님을 앉혀놓고 보자기를 두른 다음 바리캉으로 시원시원하게 밀었다. 정체불명의 약을 파는 약장사도 한 무리가 와서 북을 치고 춤을 추면서 시끌벅적한 분위기를 만들었다. 특히 북을 멘 채 발로 북채를 조종하는 장사꾼의 인기가 최고였다. 다른 한쪽에서는 뻥

튀기 기계가 열심히 돌고 있었는데, 아이들이 귀를 막고 뚫어지게 쳐다보고 있었다. 차혁주는 사무실에서 오랜만에 아이들의 떠들썩한 웃음소리를 듣고 서둘러 일을 마치고 일어났다. 카빈총을 챙기는 그에게 김삼복이 물었다.

"순찰 나가십니까?"

"한 바퀴 돌고 올게."

"제가 알아서 할 테니 일 보십시오."

"그래도……."

주저하는 차혁주를 향해 김삼복이 웃는 얼굴로 쳐다보았다.

"지금 마음이 다른 곳에 가 있는 게 얼굴에 다 보입니다. 보아라부대도 들어와 있으니까 빨치산들도 딴마음은 먹지 못할 겁니다."

결국 차혁주는 고맙다는 말을 남기고 카빈총을 챙겨서 밖으로 나왔다. 가장 먼저 운심의 집에 들렀다. 상중(喪中)임을 알리는 누런 종이 등이 바람에 흔들렸다. 안에서는 구슬픈 울음소리가 들려왔는데, 들어갈까 말까 고민하던 그의 발걸음을 얼어붙게 할 정도로 비통했다. 주저하던 그가 돌아서려는 찰나, 대문 안에서 나동혁이 불쑥 나왔다. 잠자코 옆으로 비켜선 나동혁이 안으로 들어가라는 손짓을 했지만 차혁주는 고개를 저었다.

"잠깐 얘기할 수 있을까?"

"그러시지요."

두 사람의 발걸음은 자연스럽게 경찰지서 앞 장터로 향했다. 먼발치서 장터를 바라보는 나동혁에게 차혁주가 담배를 권했다.

"작전중에는 피울 수가 없습니다."

차혁주는 거절을 당한 후에야 김삼복에게 들었던 이야기를 떠올리고 멋쩍은 표정을 지으며 담배를 입에 물었다. 지포 라이터로 불을 붙인 뒤 이발사가 두른 가운을 쓴 채 앉아서 머리를 깎는 남자아이를 바라보았다. 그 앞에서는 동생으로 보이는 남자아이가 쪼그리고 앉아서 놀리는 중이었다. 그 옆에는 약장사들이 손님들을 모아놓고 약에 대해 일장 연설을 하고 있었다. 그러다가 까까머리 남자아이를 한 명 나오게 하더니 약을 먹였다. 그 광경을 지켜보며 말없이 담배를 피우고 있던 차혁주에게 나동혁이 물었다.

"무슨 얘기입니까?"

"올봄부터 운해읍에서 아이들이 연달아 죽는 사건이 벌어졌네."

"풍문으로 들어서 알고 있습니다. 중위님이 그 사건을 조사중이라는 얘기도 들었습니다."

"소문이 정말 빠르군."

씁쓸하게 웃는 차혁주에게 나동혁이 말했다.

"살아남기 위해서는 귀를 쫑긋 세우고 주변을 잘 살펴봐야 한다는 걸 알게 된 거죠. 그리고 그걸 적절하게 써먹어야 한다는 것도요."

"이전의 네 사건과 운심이 딸 자청이가 살해된 사건은 같은 자의 소행이야. 네 아이가 죽었을 때는 눈곱만큼도 관심이 없더군."

"죽고 죽이는 게 일상이라 그럴 겁니다. 주변 사람들이 터무니없는 이유로 죽어나가면 두려워하다가 나중에는 무감각해집니다. 그리고 자신과 가족들의 목숨만 생각하죠. 더 나아가면 자신의 생명만 우선하게 됩니다."

"그런 것 같더군. 자기 자식이 죽었는데도 일이 커지는 걸 바라지 않는 눈치였어."

"이상하게 보이십니까?"

나동혁의 반문에 차혁주는 대답 대신 쓴웃음을 지었다.

"남은 가족이라도 살려야 하니까요."

"그게 이곳을 지배하는 자의 목적인 것 같아."

"그 영감탱이 말입니까?"

"맞아. 다른 꿍꿍이가 있는지 찾아가서 얘기를 나눠봤는데, 그냥 완전히 미친 거야."

"예전에는 여기도 좋은 곳이었습니다. 읍치고는 먹고살기도 나쁘지 않아서 인심이 좋았거든요. 지금은 서로 못 죽여서 안달인 곳이 되어버렸지만 말입니다."

"이곳 출신이라고 들었네."

"저쪽 읍내 끝에 있는 운해보통학교를 나왔죠. 집안이 가난해서 급사 노릇을 하면서 겨우 졸업했죠."

"그 이후에는 어디로 간 건가?"

"여기저기 떠돌았습니다. 가난하고 못 배워도 먹고살 수 있는 곳을 찾아서 말입니다."

"그런 곳을 찾았나?"

이번에는 나동혁이 쓴웃음을 지으면서 손등으로 이마의 땀을 훔쳐냈다.

"없었습니다. 대신 저 같은 사람들이 살 수 있을 법한 사상을 찾았죠."

"결국 그 사상 때문에 서로 죽고 죽인 셈이잖아."

꽤 위험한 말이었지만 나동혁은 대수롭지 않게 넘겼다.

"악순환이었죠. 경찰과 지주들이 빨치산 가족들에게 가혹하게 보복하고, 그러면 빨치산들은 보복으로 그들의 가족을 해쳤습니다. 그러니 아이들의 죽음은 눈에 띄지도 않았고 관심 밖의 상황이 된 겁니다."

"그게 운심이 딸 자청이의 죽음으로 뒤집혔어."

"지금 경찰지서에 수십 명의 용의자가 잡혀 들어갔다고 들었습니다."

"내일까지 범인을 못 찾으면 그 사람들 상당수가 싸늘한 주검으로 발견될 거야."

"지서장 딸이 그 모양이 되었으니 발칵 뒤집히는 게 정상이죠."

그때 약장수를 둘러싼 구경꾼들 사이에서 왁자지껄한 웃음소리가 터져나왔다. 약장수가 앞으로 나온 까까머리 남자아이를 뒤로 돌려세운 다음에 바지를 벗겼기 때문이다. 오랜만에 들리는 웃음소리를 만끽한 차혁주가 나동혁에게 궁금했던 것을 물었다.

"운심이와는 어떤 사이야?"

"보통학교 동창입니다."

"밖에서 만난 사이인 것 같던데?"

무심하게 던진 그의 말에 나동혁이 굳은 표정으로 돌아보았다.

"왜 그렇게 생각하십니까?"

"그녀가 나무십자가 목걸이를 한 걸 봤네. 그리고 지난번에 봤을 때 자네 소총에도 비슷한 게 매달려 있었어."

"야소교(耶蘇敎, 기독교) 신자들이 얼마나 많은데, 그런 것으로 알고 지냈다고 하십니까?"

얼토당토않다는 표정을 지은 나동혁의 반박에 차혁주가 고개를 저었다.

"물론 그렇지. 하지만 두 사람이 갖고 있는 십자가는 모양이 좀 달랐어. 짧고 뭉툭했는데, 내가 기억하기로는 켈트 십자가라고 부르지. 그건 천주교나 야소교에서는 쓰지 않아. 오직 한 군데, 성공회에서만 써."

"성공회를 아십니까?"

나동혁의 물음에 차혁주는 고개를 끄덕였다.

"경성부청 맞은편에 있는 성공회 성당에 몇 번 가본 적 있어. 거기 성당이 십자가 모양으로 지어졌지."

"맞습니다."

"진실을 말해보게."

"그게 의미가 있겠습니까?"

"적어도 사람들이 억울하게 죽는 걸 막을 수는 있겠지. 아무렇지도 않게 읍내를 활보할 살인범도 찾을 수 있고 말이야."

또다시 웃음과 비명이 터지면서 대화가 잠시 중단되었다. 뒤로 돌아서 바지를 벗은 까까머리 남자아이의 항문에서 스물거리며 기생충들이 기어나왔기 때문이다. 자지러지는 구경꾼들에게 약장사가 약병을 흔들면서 뱃속 기생충을 모조리 없앨 수 있는 명약이라고 침을 튀기며 설명했다. 차혁주와 같이 웃던 나동혁이 길가에 침을 뱉었다.

"경성으로 가서 먹고살려고 별짓을 다 했습니다. 그러다가 인력거를 끌게 되었는데 우연히 이화여전 앞에서 운심이를 태웠습니다. 저는 바로 알아봤지만 그녀는 저를 못 알아보더군요. 운심이가 인력거를 타고 간 곳이 바로 성공회 성당이었습니다. 알고 보니 경성에 올라와서 신자가 되었더라고요."

"그래서 자네도 성당에 다닌 건가?"

"고학중이긴 했는데 너무 힘들어서 삶의 의욕이 없었죠. 그러다가 그녀를 다시 만나게 되니까 부끄럽기도 하고 어쩐지 죄를 짓는 것 같았습니다."

"그래서?"

"그날로 인력거 끄는 일을 때려치우고 갈돕회라는 고학생 단체에 들어갔습니다. 거기서 만든 만주와 호떡을 팔면서 다시 공부를 시작했죠. 그리고 성당에 나갔습니다."

"그녀를 만났군."

"아는 사이고 고학생이라고 하니까 굉장히 반가워하면서 챙겨줬습니다. 그때가 제 인생에서 가장 행복한 때였죠."

운심에게 들었던 이야기를 떠올린 차혁주는 나동혁의 어두운 표정이 이해가 갔다.

"갑자기 그녀가 고향으로 내려가야 한다고 하더라고요. 아버지가 아프다는 연락을 받았다면서요. 나를 떼어놓으려고 그러는 게 아닌가 싶어서 화가 많이 났죠."

"그래서 헤어진 건가?"

"그녀가 고향으로 떠나는 걸 보고 곧장 만주로 갔습니다. 당시 만주국을 세우고 한창 이민을 받던 시기였거든요."

"그러다가 이곳에서 다시 만났군."

"운명의 장난이란 게 이런 건가 싶었습니다. 나는 빨치산이 되었고, 그녀는 지서장의 첩이 되어버렸으니까요. 처음에는 돈을 좇아 첩이 된 줄 알았습니다. 하지만 알아보니까 아니더군요."

"그래서 다시 만난 건가?"

"오가다 만난 정도였죠. 대놓고 티를 낼 수는 없으니까요."

"그녀의 딸이 희생당했네."

"와서 알았습니다. 딸만 보고 살았다고 얼마나 서럽게 우는지 모르겠습니다."

"그리고 그녀의 딸을 죽인 범인을 잡는답시고 빨치산 가족들을 잡아갔어."

이야기를 들은 나동혁이 지긋지긋하다는 표정을 지었다.

"겨울이 지나고 봄이 오면 싸움이 끝나고 다들 예전으로 돌아갈 거라고 생각했습니다. 하지만 몇 년째 싸움이 계속되고 있습니다."

"그 와중에 죄 없는 사람들이 죽어가고 있지."

"원하시는 게 뭡니까?"

"날 좀 도와주게."

차혁주의 말에 나동혁은 경찰지서 쪽을 바라보면서 고개를 가로저었다.

"저는 이곳에서 이방인 취급을 받습니다. 경찰이나 서청은 저를 못 잡아먹어서 안달이고요."

"범인은 그들 중에 있네."

"지금 뭐라고 하셨습니까?"

나동혁이 놀란 눈으로 묻자 차혁주가 차분하게 말했다.

"운심이의 딸 자청이를 죽일 때를 제외하고는 해가 떨어진 이후에 칼로 처참하게 난도질을 했어. 죽이거나 시체를 토막낸 장소는 갈대밭이나 깊은 산속이었기 때문에 플래시 같은 걸 써야 했지. 게다가 운해읍 사람들은 해가 떨어지면 밖에 나갈 엄두도 못 내고 있잖아."

"설사 그들 중에 범인이 있다고 해도 쉽게 잡지 못할 겁니다. 운해읍에서는 그들이 법이자 힘이니까요."

"그래서 이방인의 도움이 필요해."

"제가 무사한 건 구례경찰서장이 저를 전폭적으로 지지하기 때문입니다. 그분이 운해읍 경찰지서장인 이운창의 상관이니까요. 하지만 이운창에게 꼬투리를 잡히는 순간 저와 부하들은 끝장입니다."

"빨치산들이 쳐들어오던 날 운심이의 집에서 누군가 나오는 걸 본 적이 있어. 밤중에 몰래 나오더군. 도둑처럼 말이야."

"대체 무슨……."

나동혁이 눈살을 찌푸리면서 말하려고 하자 차혁주는 조용히 하라는 손짓을 했다.

"깊은 밤중이었는데 다행히 달빛이 있어서 얼굴을 잠시나마 볼 수 있었네. 2층에서 베란다 창문으로 나와서 담장을 넘은 걸 보면 분명 자주 드나들었겠지."

차혁주는 서늘한 기운에 다음 말을 잇지 못했다. 옆구리에 차가운 칼끝이 닿았기 때문이다. 그의 멱살을 움켜쥔 나동혁이 낮은 목소리로 으르렁거렸다.

"나는 어찌 되든 상관없지만 운심이가 다치는 꼴은 절대 못 봐."

"운심이는 딸이 죽은 일로 상심이 커. 범인을 잡아서 울분을 풀어주고 싶지 않아?"

"그러다가 잘못되면 운심이도 죽어."

"이대로 살인자가 활개치고 다니게 놔두고 운심이가 계속 상처받는 걸 지켜볼 텐가."

차혁주는 확신이 없는 상태에서 던진 말에 나동혁이 격하게 반발하는 모습에 안도감과 함께 안쓰러움을 느꼈다. 평범한 시대였다면 두 사람은 알콩달콩 자유연애를 하다가 결실을 거두었을지도 모를 일이었다. 하지만 유령 같은 시대 탓에 한 명은 빨치산이었다가 전향해 사찰유격대인 보아라부대를 이끌고 있었고, 다른 한 명은 경찰지서장의 첩으로 살아야만 했다. 차혁주는 신파극 같은 일이라고 생각하며 장터 풍경을 바라보았다. 장터에서는 약장수의 말이 끝나고 한바탕 공연이 펼쳐졌다. 발로 연결된 북채를 둥둥 울리던 장사꾼이 하모니카를 꺼내 구슬픈 가락을 연주했다. 삶이 어우러진 장터 풍경에 잠시 시선을 빼앗긴 차혁주에게 나동혁이 말했다.

"어떻게 도와주면 되겠습니까?"

"다른 곳에 가서 얘기하지. 여긴 보는 눈들이 너무 많아."

차혁주의 말에 나동혁이 잡았던 멱살을 놓았다.

"그럽시다."

차혁주가 서점 문을 열고 들어서자 의자에 앉아 책을 읽고 있던 오정운이 고개를 들었다.
"표정이 좋아 보이시는군요."
"범인을 알아낼 방법을 찾았으니까요."
대답을 들은 오정운이 흥미롭다는 표정으로 물었다.
"범인을 잡는다고 해도 물증이나 자백이 없으면 힘들 겁니다."
"스스로 자백하게 할 방법을 찾았습니다."
"그렇게만 된다면 경찰지서에 잡혀간 용의자들도 풀려날 수 있겠군요."
말은 그렇게 했지만 오정운의 표정이나 말투에서는 딱히 기쁘거나 기대감이 느껴지지 않았다. 지난번 운심의 딸 자청이 죽었다는 사실에 크게 관심을 드러낸 것과 정반대의 느낌을 받은 차혁주는 마음속에 뭔가가 꿈틀거렸다. 그런 속마음을 아는지 모르는지 오정운은 덮었던 책을 책장에 꽂기 위해 몸을 일으켰다. 지팡이에 의지해 안쪽 책꽂이로 걸어가는 모습을 물끄러미 바라보던 차혁주도 책을 보기 위해 바로 옆에 있는 책꽂이를 바라보았다. 마침 학창 시절에 흥미롭게 읽었던, 집단사에서 출간한 『카프 작가 7인집』이 눈에 띄었다. 손을 뻗어 책을 꺼내는데 뒤에 남겨진 공간에 뭔가가 있는 것이 보였다. 순간 차혁주는 망치로 뒤통수를 한 대 맞은 듯했다. 차혁주는 최대한 조심스럽게 책을 도로 꽂아놓고 헛기침했다. 그리고 책꽂이에서 고개를 돌린 오정운에게 말했다.

"중요한 일을 처리한다는 걸 깜빡 잊었습니다. 내일 다시 오겠습니다."

"급한 일이신가보군요."

"오늘중에 처리해야 해서요."

서둘러 서점을 나온 차혁주는 무심코 뒤를 돌아보았다가 소스라치게 놀랐다. 반쯤 열린 서점 문 안에서 오정운이 자신을 바라보고 있었기 때문이다. 어색하게 웃은 그는 가볍게 인사하고 사무실로 돌아왔다.

부랴부랴 사무실로 돌아온 차혁주는 2층으로 올라가지 않고 1층에 있었다. 그러면서 자신이 짠 계획에 대해 고민했다. 계획이 너무 엉성하고 위험했다. 게다가 대운서점에서 본 것도 마음에 걸렸다. 하지만 시간이 없었다. 사무실 안을 초조하게 서성거리고 있는데 문이 열리는 소리가 들렸다. 순찰을 마치고 돌아온 김삼복이 차혁주를 보고 경례했다.

"아무 이상 없습니다."

"내일 아침 8시까지 민보단을 집결시키고 총과 탄약을 나눠주게."

"무슨 일입니까?"

"아이들을 죽인 살인자를 체포하러 간다."

"민보단을 전부 동원하는 걸 보면 경찰 아니면 서청이겠군요."

차혁주가 무겁게 고개를 끄덕이자 그가 창밖을 바라보며 한숨을 쉬었다.

"여차하면 읍내가 피바다가 될지도 모르겠습니다."

"살인자를 체포하지 못하면 살인은 계속될 거야. 설마 아이들이 죽는 게 차라리 더 나을지도 모른다고 생각하는 건 아니겠지?"

"그렇게 생각하는 사람도 있다는 정도만 알아두십쇼."

"나는 조만간 육군 본부로 발령날 거야. 나까지 떠나면 살인자는 더욱더 활개를 치겠지. 안 그런가?"

김삼복이 긍정도, 부정도 하지 않고 말없이 바라보았다.

"경찰지서에 잡혀간 사람들은 모두 죽거나 죽는 것보다 더한 고통을 겪을 거야. 그런 상황이라고 해도 살아 있기만 하면 괜찮다고 생각한다면 내 지시에 따르지 않아도 돼."

김삼복은 이야기를 듣고는 가라앉은 목소리로 대답했다.

"명령은 내리겠지만 다 오지는 않을 겁니다."

"자네도 안 올 건가?"

긍정도, 부정도 하지 않는 그의 모습에 차혁주는 암담함을 느꼈다. 계단을 올라와 방으로 들어오자 특유의 서늘함으로 그들이 기다리고 있음을 알아차렸다. 이제는 벨벳 치마 차림의 자청까지 모두 다섯 명이었다. 어두운 창가에 나란히 선 다섯 아이는 모두 차갑고 어두웠다. 차혁주는 모자를 벗고 침대에 걸터앉은 채 그들을 비스듬하게 바라보았다. 그들을 만나고 나서 처음으로 마음이 무겁지 않았다. 비록 실행되기까지 많은 난관이 있겠지만 이제 범인을 잡는 데 한 걸음만 남았다. 그는 아이들의 혼령이 떠나면 더이상 괴롭힘을 당하지 않으리라는 기대에 부풀어 차분하게 말했다.

"조금만 기다려라. 그럼 누가 너희를 죽였는지 꼭 밝혀낼 테니까."

하지만 아이들의 표정은 그대로였다. 차혁주는 뭔가 이상함을 느끼고 아이들을 한 명씩 뚫어지게 쳐다보았다. 보통 아이들의 혼령은 말을 잘 하지 못하더라도 표정으로 드러내는 경우가 많았다. 그런데 범인을 잡을 수 있다는 말을 듣고도 별다른 표정의 변화를 보이지 않는다는 사실에 적잖이 당황했다. 그가 필사적으로 범인을 찾으려고 한 것도 아이들의 혼령이 보여주는 기분 나쁜 침묵 때문이었는데 바뀔 조짐이 보이지 않았다. 차혁주는 아이들에게 설명하기 위해 다가갔다. 하지만 아이들은 오히려 뒤로 물러섰다가 차츰 사라져갔다.

"안 돼! 가지 마!"

차혁주의 절규에도 아이들은 차례대로 사라졌다. 어디서부터 잘못되었는지 절망하던 차혁주를 보며 마지막까지 남은 자청이 손으로 입을 가렸다. 입을 다물라는 것인지, 입조심하라는 뜻인지 물으려 했지만 그 전에 사라지고 말았다. 차혁주는 절망감에 사로잡힌 채 어둠 속에서 흡사 유령처럼 울부짖었다. 이제 결판이 나지 않으면 죽은 아이들의 혼령은 아마 그가 죽을 때까지 따라다니면서 탓할 터였다. 아무 말 없이 원망의 눈빛으로 쳐다보면서 말이다.

파국

차혁주는 좌절감에 사로잡혀 얼굴을 감싼 채 침대에 누웠다. 깜빡 잠이 들었다가 어스름한 새벽에 눈을 떴다. 바깥에서 들려오는 요란한 총소리 때문이었다. 놀란 차혁주는 카빈총을 챙겨 아래로 내려갔다. 김삼복이 민보단원들에게 나누어줄 총기를 점검하고 있었다.

"어디서 난 소리야?"

그의 물음에 김삼복이 창밖을 바라보았다.

"경찰지서 쪽인 것 같습니다."

어찌 하느냐는 눈빛에 차혁주는 모자를 고쳐 쓰면서 대답했다.

"따라와."

문을 박차고 거리로 나간 차혁주는 허둥지둥 경찰지서로 달려가면서 중얼거렸다.

"왜 하필 지금이야?"

"이것도 계획의 일부입니까?"

헐레벌떡 뒤따라오는 김삼복의 물음에 차혁주는 고개를 가로저었다.

"전혀."

경찰지서 앞에는 무장한 경찰과 서북청년단 단원들이 보아라 부대원들과 대치중이었다. 당장이라도 쏠 것처럼 살벌한 분위기였는데, 상대방을 위협하느라 허공에 총을 쏜 것 같았다. 김삼복은 그 광경을 보고 입을 다물지 못했다.

"대체 무슨 일입니까?"

차혁주는 상황을 파악하기보다는 일단 진정시키는 일이 우선이라고 생각하고 황급히 나섰다.

"뭐 하는 겁니까?"

경찰들을 이끌고 있던 이운창이 냅다 소리를 질렀다.

"당신은 나서지 말고 빠져!"

"총이나 치우고 얘기하세요! 무슨 일입니까!"

"오늘 새벽에 경찰지서로 투서 하나가 들어왔어."

"무슨 투서가 들어왔다고 이러는 겁니까!"

이운창이 장상천에게 눈짓했다. 그러자 장상천이 편지를 갖고 다가왔다.

"똑똑히 보슈."

꾸깃꾸깃한 편지에는 연필로 쓴 글씨가 빼곡했다. 편지에는 나동혁과 운심이 은밀한 관계를 이어오고 있었으며 죽은 자청이 사실은 나동혁의 소생이라는 내용이었다. 그리고 더 충격적인 내용도 있었는데, 자청을 죽인 범인이 바로 나동혁과 운심이라는 것이었다. 코웃음친 차혁주가 이운창을 바라보았다.

"이게 말이 된다고 생각합니까?"

그러자 이운창이 응수했다.

"왜 말이 안 되는데! 내 첩년이랑 저놈이 옛날부터 아는 사이인 건 읍내 사람들이 다 알아!"

"그게 사실이라고 해도 어떻게 자기 자식을 죽입니까?"

"투서에 나와 있잖아. 그 사실을 들킬까봐 겁이 나서 유인해서 죽였다고 말이야."

눈이 뒤집힌 이운창이 고래고래 소리를 질러댔다. 아끼는 첩에게서 낳은 자식이 자기 소생이 아니라는 투서 내용에 완전히 흥분한 모양이었다. 여전히 편지를 들고 있던 차혁주에게 이운창이 외쳤다.

"너도 그랬잖아. 담장이랑 쇠창살이 있어서 아무나 못 들어오는 집이라고!"

말문이 막힌 차혁주는 편지를 접어서 장상천에게 건넸다. 그가 누런 이를 드러내면서 웃었다.

"나서지 않는 편이 좋을 거요."

그는 밉살스러운 장상천을 무시한 채 이운창에게 말했다.

"누가 썼는지도 모르고 증거도 없는 상황에서 이러는 건 상황만 악화시킵니다."

"그래서 내가 조사하겠다고 했더니 저놈들이 저러잖아! 얼른 민보단을 불러서 저놈들을 무장 해제시켜!"

차혁주는 보아라부대원들 사이에 있는 나동혁을 바라보았다. 눈이 마주친 나동혁이 고개를 저었다. 그러자 차혁주는 카빈총을 손으로 움켜쥐고 양측 사이에 끼어들었다.

"양쪽 다 총을 내려놓으시오."

그가 진정하라는 손짓을 하자 이운창이 나섰다.

"지금 빨갱이 편을 드는 거요!"

"지금 구례경찰서 소속의 사찰유격대를 빨갱이라고 하는 겁니까!"

"전향한 빨갱이를 어떻게 믿어!"

답답한 차혁주는 양쪽 사이를 가로막았다. 자칫하다가는 총격전이 벌어질 수도 있었기 때문에 어떻게든 막아야 했다.

"이러면 범인을 잡기가 더 힘들어집니다."

"지금 누굴 편드는 거야!"

"그러고 싶은 생각 없습니다. 일단 총부터 내려놓으세요."

"비켜! 그러지 않으면 이놈들이랑 한패라 생각하고 같이 쏴버린다!"

"육군 중위를 쏘고도 무사할 줄 압니까!"

참다못한 차혁주가 고함을 지르자 이운창이 응수했다.

"여긴 운해읍이야!"

그 말을 듣고 격분한 차혁주가 허공에 대고 카빈총의 방아쇠를 당겼다. 갑작스러운 총소리에 다들 바짝 얼어붙었다. 그사이 나동혁을 비롯해 보아라부대원들이 하나둘씩 슬슬 빠져나갔다. 장상천이 움직일 기미를 보이자 차혁주가 총구를 겨누었다.

"움직이지 마."

"군인이 빨갱이 편을 이렇게 노골적으로 들 줄은 몰랐네."

장상천이 혀를 차며 비아냥거리자 차혁주는 총구를 장상천의 가슴팍에 가져다댔다.

"손들고 뒤로 물러서지 않으면 가슴에 구멍을 내주마."

"그럽시다. 어차피 당신은 여기서 끝장이야."

키득거리며 뒤로 물러난 장상천이 부하들 틈으로 숨어버렸다. 그렇게 보아라부대원과 나동혁이 모두 빠져나가자 이운창이 길길이 날뛰었다.

"너, 가만 놔두지 않을 거야!"

"투서 한 장에 펄펄 뛰는 당신도 정상은 아니지!"

"아침에 가보니까 첩년이 어미랑 같이 종적을 감췄더군. 패물을 싹 챙겨서 말이야. 몽땅 죽여버리고 말겠어."

이운창이 당장이라도 차혁주를 쏠 기세를 보이자 슬슬 걱정되었는지 부하들이 말리기 시작했다. 그 틈에 김삼복이 달려와 차혁주의 팔을 잡아끌었다.
"여기 계속 있다가는 정말 큰일납니다."
차혁주가 슬슬 물러나자 장상천이 큰소리쳤다.
"워매, 우리 중위님이 사고를 쳐버렸네. 오늘 밤 잠 못 주무시겠어."
서북청년단 패거리가 왁자하게 웃어대는 가운데 차혁주는 사무실로 돌아왔다. 사무실 앞에는 민보단원이 몇 명 모여 있었다. 민보단원들이 어리둥절한 표정으로 바라보자 김삼복이 서둘러 집으로 돌아가라고 외쳤다.

김삼복이 바깥을 살피는 사이 차혁주는 머리를 감싸쥐었다.
"망했군."
"오늘 무슨 계획이었습니까?"
"아침에 민보단을 데리고 서북청년단을 급습해서 장상천을 체포할 계획이었어."
"그놈이 살인자라는 증거가 있습니까?"
"자백을 받을 수 있을 거라고 생각했어."
차혁주의 말을 들은 김삼복이 답답하다는 표정을 지었다.
"그놈은 교활하기 그지없어서 증거가 있다고 해도 쉽게 자백

할 리가 없습니다. 더욱이 경찰과 지주위원회가 뒤에 있는데 왜 자백을 하겠습니까? 적어도 운해읍에서는 그자를 처벌할 수 없습니다."

김삼복의 말에 차혁주는 크게 낙담한 표정을 지었다.

"이상한 투서 때문에 시작도 못 해보고 끝났군."

"대체 누가 보낸 걸까요?"

"아마 셋 중 하나겠지. 나동혁이 읍내에 온 것을 기회로 삼아서 체포하려 했던 거야."

"굳이 가짜 투서 같은 걸 만들 필요가 있었겠습니까?"

"사찰유격대를 운용하는 구례경찰서 쪽을 설득해야 했을 테니까."

"그나저나 발령받아 곧 떠나신다면서 장상천을 체포해서 어쩌시려고 그런 겁니까?"

"일단 붙잡아두고 자백받을 생각이었어."

차혁주의 말을 들은 김삼복은 고개를 절레절레 저었다.

"장상천을 체포한다고 해도 제대로 처벌하지 못하는 거 아닙니까? 중위님이 떠나면 그 후폭풍은 우리가 고스란히 겪게 됩니다. 그 문제는 한 번도 생각해보지 않으셨습니까?"

울컥한 그의 말에 차혁주는 아무 말도 못 했다. 김삼복은 너무한다는 말을 남기고 사무실을 나가버렸다. 홀로 남은 차혁주는 운해읍에 오고 나서 처음으로 무력감을 느꼈다. 어쩌면 장상천이 범인이 아닐지도 모른다는 생각부터 대운서점의 주인 오정운을 좀 더 의심했어야 했다는 온갖 생각이 들었다. 어쨌든 확실한 사실은 계획이 실패로 돌아갔다는 점이었다. 이런저런 생각에 머리가 어지러워져 2층 숙소로 올라갔다. 문을 닫고 총을 벽에 기대어 놓고 침대에 걸터앉은 채 머리를 감싸쥐었다. 시간이 몽환적으로 지나가는 가운데 사건의 파편들을 하나씩 모아놓고 생각해보기로 했다. 무엇보다 살해 동기가 없었다는 점, 그리고 이전의 살인사건과 마지막 살인사건의 방식이 다른 점도 의문이었다. 애초에 생각하지 않았던 것은 아니지만 모방범죄 내지는 앞선 살인사건들로 마지막 살인사건을 덮어씌운 것은 아닌가 하는 생각이 들었다. 그렇다면 전제조건이 달라지기 때문에 차마 염두에 두고 싶지 않았다. 골치가 지끈거려 머리를 식히기 위해 차혁주는 창가로 다가갔다. 창밖으로 여전히 불이 꺼져 있는 어두운 대운서점이 보였다. 잠시 고민하던 차혁주는 카빈총을 챙겨 밖으로 나왔다.

오정운은 여느 때와 같이 어둠 속에서 책을 읽고 있었다. 지팡이도 그 옆에 그대로 놓여 있었다. 문이 열리는 소리를 듣고 고개를 돌린 그에게 차혁주가 말했다.

"작별인사를 하러 왔습니다."

"발령이 났나보군요."

"육본으로 갑니다. 오늘 지프가 오기로 했어요."

"축하드립니다."

읽던 책을 덮은 그가 낮은 목소리로 물었다.

"표정이 어두워 보이십니다."

"오늘 일을 다 망쳐버렸거든요."

"아까 경찰지서 쪽에서 총소리가 들리던데요?"

"오늘 아침에 민보단을 동원해 범인을 체포할 계획이었습니다. 그런데 나동혁과 운심에 대한 투서 때문에 일이 엉망이 되어버렸죠."

차혁주가 씁쓸하게 웃으며 문 옆 창가 쪽으로 다가갔다. 아침나절에 들린 총소리 때문인지 읍내 사람들은 밖으로 나올 기미조차 보이지 않았고 상점들도 대부분 문을 열지 않았다. 차혁주는 오정운에게 물었다.

"바깥에 별로 관심이 없으시군요."

"거긴 제 세상이 아니라서 말입니다."

"어떤 곳이 당신의 세상입니까?"

그의 물음에 오정운은 들고 있던 책을 손가락으로 톡톡 쳤다.

"여기가 제 세상입니다."

"『죄와 벌』을 다시 읽고 계시는군요."

"수없이 읽었는데, 다시 읽으니 새롭군요. 역시 풍경이 달라져야 생각이 바뀌는 것 같습니다."

"범인이 누군지 알고 계셨습니까?"

책을 덮은 오정운이 미묘한 미소를 지었다.

"짐작이 가긴 했지만 별로 관심이 없습니다."

예전과는 다른 그의 대답에 차혁주는 살짝 짜증이 났다.

"흑판에 적어놓지 않으셨습니까?"

"그냥 기억이었습니다."

"사건을 해결할 사람이 저밖에 없다고 한 것은요?"

"저는 찾아와서 물어본 것에 답변한 것밖에는 없습니다. 총을 가진 사람에게는 친절해야만 살아남을 수 있는 시대니까요."

차혁주는 어젯밤에 보았던 『카프 작가 7인집』을 책꽂이에서 꺼냈다. 그리고 그뒤에 숨겨놓은 군용 플래시를 뚫어지게 쳐다보았다. 어제 우연히 보았을 때는 설마 했는데 다시 보니 믿지 않을 수 없었다. 군용 플래시를 바라보던 그의 시선이 의자에 앉아 책을 읽는 오정운 옆의 지팡이로 옮겨졌다. 효숙의 갈대밭 살인 사건 현장에서 본 흔적이 불현듯 떠올랐다. 땅에 도장을 찍어놓은 것처럼 동그란 구멍이 나 있었는데, 목발이 땅에 닿으면서 그런 흔적이 생길 수도 있음을 깨달았다. 그러면서 점점 그가 보였던 이해하지 못할 행동들이 떠올랐다. 사건에 대해 자세히 알고 있었지만 정작 자신은 서점을 떠나지 않겠다며 조사에 동참하지 않았다. 그러면서 용의자를 대폭 한정할 수 있었던 자청의 죽음에는 적극적으로 관심을 드러냈다. 사건 조사를 도와주는 척하면서 진행과정을 지켜보았고 용의자가 좁혀지자 관심을 드러낸 것이 아닌가 싶다는 생각이 뇌리를 스쳐지나갔다. 차혁주는 마른침을 삼키고 머리를 흔들었다. 여러 가지 용의점이 있었지만 믿고 싶지 않았다. 그런 차혁주를 오정운이 의미심장한 눈길로 바라보았다.

"진실을 알아차리셨습니까?"

"가까운 데 있는 것 같더군요."

"사람은 늘 놓치고 살곤 하죠. 그래서 '등잔 밑이 어둡다'라는 말이 있지 않겠습니까?"

"등잔 밑은 실제로 어둡습니다. 마치 우리 안의 어둠처럼 말입니다."

차혁주는 당장 카빈총을 겨누고 윽박질러서 자백을 받을까 하는 마음을 꾹꾹 눌렀다. 그가 범인이라면 가장 중요한 목적이 없었기 때문이다. 차혁주는 아랫입술을 질끈 깨물며 오정운을 노려보았다.

"짐을 꾸려야 해서 이만 가보겠습니다."

"이제 마지막이군요."

"또 볼 날이 있겠죠. 안녕히 계십시오."

그는 오정운과 그를 둘러싼 서점의 어둠에게 작별인사를 하고 밖으로 나왔다. 그리고 서둘러 숙소로 돌아왔다. 수화기를 들고 핸들을 돌렸다. 드르륵거리는 소리와 함께 육군 본부 교환수의 목소리가 들려왔다.

"통신보안! 육본입니다."

"운해읍 민보단 대장 차혁주 중위다. 정보과의 한 중령님을 부탁한다."

"전화 돌리겠습니다."

전화를 기다리는 동안 아이들이 다시 나타났다. 아이들은 말없이 물끄러미 쳐다보기만 했다. 차혁주가 제발 그만하라고 속으로 외치며 바라보는 와중에 벨소리가 들리자 이내 사라졌다.

다시 벨소리가 몇 번 들리고 바로 한 중령이 받았다.

"접니다. 중령님."

"무슨 바람이 불어서 먼저 전화를 다 했냐?"

"어제 부탁한 거 알아보셨습니까?"

"뭐? 아! 오정운 뒷조사해달라고 했지! 마침 인사과에 15사단 장교로 임팔에 갔다 온 후배가 있었어."

"그 사람이 뭐라고 했습니까?"

"오정운을 알고 있더라고."

"유명한 친구였습니까?"

"여러모로. 당시 15사단은 보급이 엉망이라 그냥 죽지 못해 살 정도였다고 하더군. 그래서 군복을 뜯어먹고 단추까지 뜯어서 버렸다는군."

"단추는 왜 뜯은 겁니까?"

"무게를 줄이려고. 아무튼 최악의 상황이 닥치자 병사들 사이에서는 식인이 유행했었대."

"먹을 게 없어서요?"

"상상하기 힘들 정도로 끔찍했다고 하더군. 그러면서 죽은 동료의 시신을 잘라서 먹었는데 오정운도 그중 한 명이었나봐."

"실제로 본 사람이 있는 겁니까?"

"후배가 헌병대 출신이라 퇴각하고 관련자들을 모두 조사했었대. 그때 오정운도 조사를 받아서 기억하고 있더라고."

차혁주는 운해읍에 들어와서 보았던 오정운의 모습과는 여러모로 다른 이야기에 적잖이 충격을 받았다.

"그때 뭐라고 했답니까?"

"다른 사람들이랑 똑같았지. 배가 고픈데 먹을 게 없어서 그랬다고 말이야. 근데 좀 또라이 같은 소리도 했나봐."

"어떤 소리요?"

"뭐라고 그랬다더라? 아! 처음에는 죄책감을 느꼈는데, 나중에는 오히려 평안함을 느꼈다고 말이야."

"정상이 아니었군요."

"인육을 먹고 돌아버린 놈들이 많았나봐. 하지만 오정운은 그중 특출났다고 하더라고."

"어떤 면에서 말입니까?"

"뻔뻔하고 조용하고 잔인하기로 말이야."

"잔인했다고요?"

"보통은 시신의 팔다리 일부를 먹거든. 그런데 이놈은 아예 시신을 토막냈다고 하더군. 그리고 일부를 들고 돌아왔대."

"진짜 미친놈이군요."

"그뿐 아니라 살아 있는 사람도 죽여서 먹어치웠다는 소문이 있어."

"지독하군요."

"물어본 나도 등골이 서늘할 지경이었다네. 돌아와서도 남들이랑 가깝게 지내지 않았다는 걸 보면 이상했던 게 분명해."

차혁주는 수화기를 든 채 창밖을 내다보다가 대운서점의 문이 열린 것을 보았다. 잘못 본 것이 아닌가 싶어 허리를 굽혀 바라보는데 등뒤에서 삐걱거리는 소리가 들렸다. 수화기를 한 손에 든 채 천천히 뒤를 돌아보는 그의 귓가에 한 중령의 목소리가 들렸다.

"그런데 그놈한테 왜 관심을 보이는 거야?"

반쯤 열린 문으로 그가 들어서는 것이 보였다. 한 손으로는 지팡이를 짚고 있었고, 다른 한 손은 뒤로 감추고 있었다. 차혁주가 수화기에 대고 말했다.

"최근에 여기서 살인사건이 벌어졌거든요. 아이들이 연달아 살해되고 시신 일부가 사라졌습니다."

"뭐라고? 그럼 거기서도 사람 고기를 먹으려고 했다는 얘기야?"

카빈총은 전화기가 있는 책상에 기대놓은 상태였다. 두세 걸음 정도 움직이면 집을 수 있을 것 같았다. 차혁주는 카빈총의 위치를 확인하고 천천히 말했다.

"그랬을 가능성도 있을 것 같습니다."

"하긴, 후배 녀석 얘기로는 사람 고기가 무슨 중독성 같은 게 있어서 한 번 맛보면 계속 맛보고 싶었다고 하더군."

그 말을 들은 차혁주는 너무 쉽고 간단한 일을 어렵게 생각했던 것이 아니었을까 하고 자책했다. 문을 열고 들어선 오정운이 뒤에 숨긴 손을 천천히 드러냈다. 날카롭게 갈린 군용 대검을 쥐고 있었다.

"그런데 말이야."

숨을 고른 차혁주가 막 말하려는 한 중령에게 속삭였다.

"그동안 고마웠습니다. 중령님."

"뭔 소리야?"

"마지막 부탁이 하나 있습니다."

"부탁이라니?"

"전화 끊지 말아주십시오."

그 말을 끝내자마자 수화기를 내팽개친 차혁주가 카빈총을 집었다. 그와 동시에 오정운이 손에 든 대검을 던졌다. 가슴을 파고드는 통증은 비명조차 지르지 못할 정도로 끔찍했다. 창가로 쓰러진 차혁주의 무게를 버티지 못하고 유리창이 깨졌다. 창틀에 처박힌 채 겨우 버티고 선 그는 괴성을 지르며 다가오는 오정운을 향해 연거푸 방아쇠를 당기고는 그대로 주저앉았다. 총에 맞은 오정운은 비틀거리며 침대 뒤로 넘어졌다. 차혁주는 카빈총을 내려놓고 떨리는 손으로 가슴에 박힌 대검을 뽑아냈다. 피가 울컥 쏟아지면서 고통도 함께 밀려왔다. 가까스로 대검을 뽑아냈지만 치명상을 입은 것은 한눈에 알 수 있었다. 피 묻은 대검을 던져버린 차혁주는 꼼짝도 하지 못한 채 앉아서 숨만 헐떡거렸다. 바로 옆에서는 수화기가 대롱대롱 매달려 있었지만 손을 뻗을 힘이 남아 있지 않았다. 아이들이 다시 나타나 차혁주를 바라보았다. 이전에 죽어서 그의 앞에 나타났던 사람들의 기억이 차례로 떠올랐다. 점점 숨이 막혀왔다.

진실

경찰과 서북청년단 단원들을 이끌고 민보단 사무실로 향하던 김석충과 이운창, 장상천은 민보단 사무실 2층에서 총소리가 들려오자 서로의 얼굴을 바라보았다. 장상천이 눈짓하자 검정색으로 물들인 군복 차림의 상이군인 손씨가 따발총을 손에 들고 민보단 사무실 안을 살폈다.

"1층에는 아무도 없습니다."

"2층을 살펴봐."

장상천의 지시에 손씨는 김석충을 바라보았다. 김석충이 고개를 끄덕이자 손씨가 다시 안으로 들어갔다. 그사이 장상천이 담배를 꺼내 불을 붙였다.

"어떤 놈이 우리를 대신해서 총질한 걸까요?"

뒷짐진 채 2층을 올려다보던 김석충이 혀를 찼다.

"그냥 곱게 쫓아내려고 했는데, 일이 복잡해지는 건 아닌지 모르겠네."

"어떻게 곱게 쫓아냅니까? 나동혁이랑 한패가 분명하니까 반드시 자백을 받아야지요."

이운창이 성난 얼굴로 끼어들자 김석충이 혀를 찼다.

"일을 복잡하게 만들지 말라고 했지. 나동혁이나 잘 처리할 궁리나 해."

"구례경찰서와 전남경찰국에 보고했습니다. 조만간 살인 혐의로 지명수배가 내려질 겁니다. 그럼 아무리 보아라부대니 뭐니 해도 버틸 재간이 없을 겁니다."

세 사람이 이야기를 나누는 사이 손씨가 2층 창문으로 몸을 내밀었다.

"올라와보셔야겠습니다."

부하들에게 밖에서 대기하라 명령하고 2층으로 올라간 세 사람은 방 안 광경에 혀를 차거나 웃음 지었다. 유리창이 깨진 창틀 아래에서 차혁주가 가슴이 온통 피로 물든 채 숨을 헐떡거리며 주저앉아 있었고 바닥은 온통 피범벅이었다. 침대에 걸터앉은 장상천이 담배 연기를 내뿜으면서 혀를 찼다.

"아이고, 대체 누가 우리 중위님을 이 꼴로 만들었나?"

진실 247

이운창이 차혁주 옆에 놓인 카빈총을 집어들고 살폈다.

"총알은 여기서 발사된 모양인데."

김석충이 눈짓하자 문 옆에 서 있던 손씨가 책상 옆에 있는 의자를 가져다주었다. 의자에 앉은 그가 다리를 꼰 채 물었다.

"나동혁을 체포하려는 걸 막았다고 해서 왔는데, 대체 무슨 일인가?"

김석충의 물음에 차혁주가 겨우 고개를 들며 흐릿한 눈길로 그를 바라보았다.

"얘기가 좀 깁니다."

"그럼 죽기 전에 들려주게. 누가 자네를 죽이려고 했는지. 그리고."

잠시 방 안을 살펴보던 그가 덧붙였다.

"왜 그 살인사건들을 추적했는지 말이야."

"꽃 때문이었습니다."

뜻밖의 대답에 김석충이 고개를 갸웃하는 사이 차혁주는 깨진 유리 조각 사이에 떨어져 있는 그 꽃을 바라보았다.

"제가 온 날을 포함해서 운해읍에서는 어린아이들이 연쇄적으로 살해되고 시신이 난도질당하는 사건이 벌어졌습니다."

"알고 있네. 확인해보니 나동혁이 이곳 근처에 있을 때 벌어졌더군."

김석충의 말에 차혁주가 쓴웃음을 지었다.

"아뇨. 범인은 다른 사람이었습니다."

"그게 누군가?"

흥미롭다는 말투로 묻는 김석충에게 차혁주가 대답했다.

"오정운입니다."

"대운서점을 운영하는 오정운?"

"그렇습니다. 그의 서점에서 군용 플래시를 찾았고 현장에서 지팡이 흔적도 발견했습니다."

"그자가 대체 왜 살인을 저지른단 말인가?"

"육본을 통해 알아봤습니다. 일본군에 징용되어 임팔작전에 참여했었다고 하더군요. 거기서 굶주림에 못 이겨 동료들의 시신을 먹었던 모양이고요. 그것에 중독되어 고향에 돌아와서도 살인을 저지른 것 같습니다. 제가 눈치챈 것 같으니까 방으로 들어와서 저를 해치려고 한 겁니다."

차혁주의 말이 끝나기가 무섭게 의자에 앉아 있던 김석충을 비롯한 이운창과 장상천 모두 미친 듯이 웃었다. 웃음 폭풍이 한바탕 휩쓸고 지나간 다음 장상천이 다가와 그의 얼굴에 담배 연기를 뿜으면서 말했다.

"어이, 중위 양반. 오정운은 범인일 수가 없어."

"왜?"

"왜냐고?"

차혁주의 물음에 장상천이 키득거리며 말했.

"죽었거든. 올봄에 말이야."

"뭐, 뭐라고?"

"머리에 먹물 좀 들었다고 어찌나 꼴값을 떨던지 말이야. 빨치산들이 점령하고 있을 때 사사건건 방해했는지 퇴각할 때 끌고 가서 총살하고 땅에 파묻었어."

"마, 말도 안 돼!"

"말이 안 되긴. 내가 직접 땅을 파고 시신까지 확인했어. 뒤통수에 아주 큼지막한 총구멍이 나 있더라고."

충격을 받은 차혁주가 벌벌 떨자 몸을 돌린 장상천이 김석충과 이운창에게 말했다.

"거 보십쇼. 미친놈이라는 제 말이 맞죠?"

그의 말을 들은 차혁주는 믿기지 않는다는 듯 중얼거렸다.

"믿을 수가 없어. 내가 분명 쐈는데."

그러고 보니 침대 뒤로 쓰러진 오정운의 모습은 온데간데없었고 그가 던졌던 대검도 보이지 않았다. 차혁주는 믿을 수 없다는 말을 연신 되뇌며 오정운과의 대화를 떠올렸다. 한사코 서점 밖으로 나가지 않으려 했던 점이나 관심이 없다고 했던 이야기들이 차례대로 떠올랐다. 그리고 불도 켜지 않고 책을 읽으려 했던 괴이한 모습까지 겹쳐지면서 그는 믿고 싶지 않았던 진실을 깨닫게 되었다. 오정운은 이미 죽었고 그의 혼령이 살아 있을 때 지내던 서점으로 돌아온 것이었다. 아마 죽은 줄 몰랐거나 혹은 자신을 알아보는 차혁주와 계속 이야기를 나누기 위해 일부러 말을 안 했을 수도 있었다. 절망감에 눈을 감은 차혁주의 귀에 세 사람의 웃음소리가 파고들었다.

견디다 못한 차혁주가 눈을 뜨고 소리를 버럭 질렀다.
"그럼 대체 살인을 저지른 건 누구야!"
차혁주가 눈을 부릅뜨고 노려보자 세 사람의 시선이 방 안에 있는 또다른 한 명에게 향했다. 따발총을 든 채 문 옆에 서 있던 상이군인 손씨가 의족을 내려다보면서 대답했다.
"어르신이 시키는 대로 했을 뿐입니다."
김석충은 차혁주의 시선을 느끼고 대수롭지 않다는 표정으로 말했다.
"사람들을 지배하는 방식으로 공포만한 건 없지."
"애들이 무슨 잘못이 있다고 죽였습니까?"
"맞아. 애들은 잘못이 없지. 하지만 걔들 부모는 잘못이 있었어. 대서소를 하던 김광식은 내가 소작료를 많이 받는다고 고발하는 소장을 써줬지. 한석구는 빨갱이들을 못 막는 지주위원회는 필요 없다고 동네방네 떠들고 다녔고 말이야. 다른 두 사람도 입을 잘못 놀렸지."
"그래서 보복으로 아이들을 죽였다고?"
"자기 때문에 가족이 해를 당하면 두 배, 세 배 고통스러워하니까."

무도한 김석충의 말에 이운창이 맞장구쳤다.

"빨갱이들에게 가장 효과적인 방법이지."

"그럼 자청이는 왜 죽인 겁니까?"

"첩년이랑 나동혁이 그렇고 그런 사이라고 은하수다방 방울이가 그러더군. 뒷조사했더니 경성에서 만나서 동거한 건 물론이고, 운해읍으로 내려와서도 계속 만났던 모양이야."

"자청이가 나동혁의 딸이라는 증거도 없잖아."

"증거가 없긴 왜 없어! 난 A형이고 그년이 O형인데, 딸년은 B형이 나왔어. 의사가 우리 둘 사이에서는 A형과 O형 아이밖에는 못 나온다고 했지. 감히 날 속이다니, 두 연놈을 찢어 죽이겠다고 마음먹었지."

"그래서 자청이를 죽였군. 소문 듣고 나동혁이 찾아오면 잡으려고 말이야."

차혁주의 물음에 이운창이 씩 웃었다.

"두 연놈이 자식을 잃고 슬퍼하는 꼴을 내 이 두 눈으로 보고 싶었어. 그다음에는 나동혁을 잡아서 죽이고, 마지막에는 그년을 죽이려 했던 거야."

"맙소사. 내가 완전히 잘못 짚었군."

낙담한 차혁주의 말에 세 사람이 다시 크게 웃었다. 김석충이 웃음을 멈추고 말했다.

"살인이나 처벌도 우리가 결정하고, 누가 죽고 살지, 누가 범인인지도 우리가 정하네. 자네는 불나방이었어. 잘 가게. 장례는 잘 치러주지."

차혁주는 몇 차례 기침하고 고개를 떨구었다. 그러자 이운창이 홀가분한 표정을 지으며 말했다.

"이리저리 들쑤시고 다녀서 골치가 아팠는데, 속 시원합니다."

"그건 나중에 생각하고 범인을 누구로 할지 생각해야지."

김석충의 말에 장상천이 창밖을 내다보며 말했다.

"도망친 나동혁으로 하죠. 그자가 보복하러 읍내로 들어왔다가 경찰지서 경비가 삼엄한 걸 보고 목표를 바꿔 민보단 사무실로 침입했다고 말입니다."

"하지만 이놈은 나동혁을 도망치게 해줬어."

이운창의 반박에 장상천이 고개를 저었다.

"어차피 본 사람은 경찰이랑 우리 쪽 단원들 빼고는 김삼복밖에 없지 않습니까? 가서 알아듣게 얘기하겠습니다. 거기도 알아주게 효자라서 어머니 안부 물으면 대충 알아들을 겁니다."

두 사람의 이야기를 들은 김석충이 정리했다.

"장 지부장이 말한 대로 하세. 육본 쪽에 알아봤더니 싸고도는 놈이 있어서 얼른 처리하는 게 좋겠어."

"알겠습니다. 일단 시신부터 옮기죠. 2층 사무실에서 죽었다고 하면 좀 어색하잖아요."

장상천의 말에 이운창이 거들었다.

"아랫골 근처로 옮겨놓고 거기서 총에 맞았다고 하는 게 좋겠어. 그나저나 투서는 언제 준비한 거야?"

"무슨 얘깁니까? 그거 경위님이 준비한 거 아니었어요?"

"난 자네가 보낸 줄 알았지."

두 사람이 주고받는 사이 차혁주가 별안간 눈을 번쩍 떴다. 깜짝 놀란 두 사람이 물러서자 상이군인 손씨가 따발총을 겨눈 채 다가왔다. 뒷걸음친 장상천이 욕설을 내뱉었다.

"아이, 깜짝 놀랐잖아."

눈을 뜬 차혁주가 아까와 달리 생기에 찬 눈으로 바라보자 김석충이 코웃음쳤다.

"죽은 척하고 우리를 방심하게 만들었군."

차혁주는 소매로 입가에 묻은 피를 닦아내고 몸을 일으켰다.

"돼지 피를 써서 들킬까봐 걱정했는데 다행이네요."

"비겁한 놈."

이운창이 이를 갈며 말하자 차혁주가 혀를 찼다.

"비겁한 건 당신들입니다. 법을 어겨가면서까지 읍민들을 통제하고 그걸 위해서 살인을 저질렀으니까요."

여전히 의자에 앉아 있던 김석충이 태연하게 말했다.

"증거를 찾으려고 투서 소동을 벌였군."

"대략 짐작은 했는데 증거도 없고, 시간도 없어서 말입니다.

가장 확실한 건 범인들의 자백이라서 일을 조금 벌여봤습니다."

"안타깝게도 이 일을 지켜본 사람이 별로 없네그려."

김석충이 방 안을 돌아보자 불안한 표정을 지었던 이운창과 장상천이 안도하는 표정을 지었다. 상이군인 손씨는 당장이라도 방아쇠를 당길 것처럼 눈을 부릅뜬 채 따발총을 겨누었다. 장상천이 굽실거리며 김석충에게 말했다.

"역시 위원장님의 지략은 따라갈 사람이 없습니다. 어차피 총소리도 들렸겠다 본 사람도 없으니 처리해도 모를 겁니다."

차혁주가 슬쩍 움직이려고 하자 이운창이 나섰다.

"카빈총은 이미 치워버렸어. 허튼짓하지 마."

그가 대롱대롱 매달려 있던 전화기의 수화기를 들어 건넸다.

"그게 아니라 우리밖에 없다고 해서요."

이운창이 불안한 표정을 지으며 조심스럽게 수화기를 귀에 가져다댔다. 그러고는 창백해진 얼굴로 두 사람을 바라보았다.

"왜 그러십니까, 지서장님."

"망했어. 전화기가 끊기지 않았어."

이운창이 들고 있던 수화기를 차혁주가 낚아채며 말했다.

"잘 들으셨습니까? 중령님."

"듣다마다. 교환병들도 다 들었네."

"직접 살인하지 않았어도 살인 교사를 자백한 거죠?"

"자백 정도가 아니야. 이상한 곳인 것 같긴 했는데, 그 정도일

줄은 몰랐어."

"그나저나 오정운이 죽은 건 왜 말해주지 않았습니까?"

"하려고 했는데 자네가 먼저 말을 끊었잖아."

한 중령이 투덜거리자 차혁주는 쓴웃음을 지었다.

"아무튼 도움이 필요할 것 같습니다."

"전남경찰국에 협조를 요청해보지."

"알겠습니다. 서둘러주십시오."

"그러지. 몸조심하게."

"다시 연락드리겠습니다."

차혁주는 수화기를 내려놓고 방에 있는 사람들을 노려보았다. 장상천이 냅다 소리를 질렀다.

"어차피 이판사판인데 저놈 입부터 막읍시다."

두 사람이 미동도 하지 않자 장상천이 상이군인 손씨에게 말했다.

"뭐 해! 얼른 쏘지 않고!"

장상천은 거듭 채근하며 김석충을 쳐다보았다. 김석충이 보일락 말락 하게 고개를 끄덕였다. 그때 문이 벌컥 열렸다.

"모두 손들어!"

나동혁의 외침에 다들 얼어붙은 사이 심상치 않은 상이군인 손씨의 눈빛을 본 차혁주가 옆으로 몸을 날렸다. 거의 동시에 따발총에서 발사된 총탄들이 머리 위 창틀과 벽에 박혔다. 머리 위로 파편이 쏟아졌다. 따발총의 총성은 묵직한 M1 개런드의 총성에 먹혀버렸다. 상이군인 손씨는 온몸을 고통스럽게 비틀면서 침대 위로 쓰러졌다. 총구를 돌린 나동혁이 세 사람에게 외쳤다.

"허튼짓하면 이놈처럼 저승으로 보내주마."

세 사람이 손을 들고 구석으로 물러나자 숨을 돌린 차혁주가 몸을 일으켰다. 침대 위에 쓰러진 상이군인 손씨의 몸에서 흘러나온 피가 시트를 붉게 물들였다. 의족을 단 한쪽 다리 안쪽의 붉은색 내복이 살짝 삐져나온 것이 보였다. 차혁주는 효숙이 보여준 현장 갈대밭에 있던 붉은색 실오라기를 떠올렸다. 차혁주는 한숨을 돌리고 나동혁에게 물었다.

"바깥은?"

"부하들이 무장 해제를 시켰습니다."

창밖을 내다보자 경찰과 서북청년단 단원들이 손을 들고 무릎을 꿇고 있었다. 주변에는 무기를 압수한 보아라부대원들이 서 있었다. 창밖을 보던 차혁주의 어깨를 나동혁이 두드렸다.

"이제 다 끝났습니다."

"자네 도움이 컸네."

"투서를 이용한다고 했을 때 저 세 사람이 저렇게 나올 거라고 예상했습니까?"

"중간에 변수가 좀 있었어. 원래는 좌절한 나머지 자해하는 걸로 하려 했지."

"어쨌든 딸의 복수를 해주셔서 고맙습니다."
"다른 사람들의 복수도 한 셈이지."
차혁주는 착잡한 말투로 말한 뒤 끌려가는 김석충의 표정이 그대로인 것을 보고는 한숨을 쉬었다.

운해읍 사람들은 세 사람이 체포된 모습을 보며 믿기지 않는다는 표정을 지었다. 결박당한 채 끌려가던 장상천이 읍민들을 향해 고래고래 소리를 질렀다.
"다 끝났다고 생각해? 난 다시 돌아올 거야. 꼭 다시 돌아온다고!"
차혁주는 일단 세 사람을 경찰지서에 구금하고 여기저기 연락한 뒤 한숨을 쉬었다. 그러자 경찰지서 지하감옥에 갇혀 있던 사람들을 풀어주고 올라온 김삼복이 말했다.
"중위님. 지하에 갇혀 있던 빨치산 가족들을 다 풀어줬습니다."
"다친 사람들은?"
"심하게 다친 두 명은 읍내 의원에게 보냈습니다."
"알겠네."
김삼복이 조심스럽게 물었다.
"그런데 표정이 왜 그러십니까?"
"압송하려고 하는데 쉽지 않군. 구례경찰서에서 차를 보내겠다고 한 것 빼고는 다들 약속이나 한 것처럼 빼는군."

"김석충의 인맥이 워낙 대단하니까요. 다들 엮이지 않으려고 할 겁니다. 헌병은 안 온답니까?"

"광주에서 온다고 해도 며칠 걸린다고 하더군. 게다가 민간인들이라서 체포해도 제대로 조사할 수 없다고 하고 말이야."

"일이 다 끝난 게 아니군요."

한숨을 쉬는 김삼복에게 차혁주가 말했다.

"방법이 있겠지."

그때 경찰지서 안으로 나동혁이 들어왔다.

"저는 이만 떠나겠습니다. 그런데 제가 없어도 되겠습니까?"

"아무래도 현장에 있으면 오해를 살 수 있으니까."

"그렇긴 하지만."

"마지막 부탁이나 잘 들어주게."

차혁주의 말에 나동혁이 거수경례하면서 대답했다.

"염려 마십시오."

밖으로 나온 나동혁이 부하들을 이끌고 아랫골 쪽으로 향했다. 정문 밖은 덕보 할머니를 비롯한 풀려난 사람들을 맞이하는 가족들로 북적였다. 차혁주는 그들이 기뻐하는 모습을 물끄러미 바라보다가 다시 경찰지서 안으로 들어갔다.

"이제 어떡합니까? 우린?"

울상이 된 장상천의 물음에 이운창이 버럭 소리를 질렀다.

"닥쳐! 네놈이 입만 이상하게 놀리지 않았어도 이런 꼴은 안 당했잖아."

큰소리치기는 했지만 항상 잡아 가두기만 했던 경찰지서 지하 감옥에 갇힌 장상천은 계속 사시나무 떨듯 떨고 있었다.

"나만 얘기한 건 아니잖아요. 같이 떠들어놓고 혼자만 잘났다는 겁니까! 지금."

장상천이 목소리를 높이자 이운창도 지지 않고 소리를 질렀다.

"지금 뭐라고 했어!"

두 사람의 말다툼은 조용히 눈을 감고 있던 김석충이 조용히 하라고 하자 멈추었다. 장상천이 한숨을 쉬며 하소연했다.

"빠져나갈 방도가 있겠습니까? 어르신."

"옛말에 '하늘이 무너져도 솟아날 구멍이 있다'고 하지 않았나."

"무너져도 웬만큼 무너져야죠."

울상이 된 장상천의 말에 김석충이 혀를 찼다.

"만약 헌병이나 다른 곳에서 호송자가 오면 모르겠지만 구례 경찰서에서 오면 살 가망성이 있지."

"저, 정말입니까?"

"구례로 가면 여기저기 연락하기가 쉬워질 거야. 저 중위 녀석이야 발령받았으니 떠날 거고, 읍내 사람들만 구워삶으면 어떻게든 방도가 생기겠지."

상대적으로 느긋한 김석충의 말에 장상천과 이운창은 안도의 한숨을 쉬었다. 잠시 후 위층에서 내려오는 발소리가 들리자 세 사람의 시선이 자연스럽게 그쪽으로 쏠렸다. 김삼복과 함께 내려온 차혁주는 열쇠로 문을 열었다.

"모두 나와."

잠자코 나온 세 사람은 위로 올라왔다. 경찰지서 마당에는 목탄 트럭이 연기를 내뿜고 있었다. 적재 칸에 올라간 운전사가 열심히 보일러에 숯을 붓고 있었다. 세 사람을 끌고 나온 차혁주는 목탄 트럭 앞에 서 있던 두 명의 경찰과 이야기를 나누었다. 그 광경을 본 이운창이 나직이 중얼거렸다.

"구례경찰서에서 왔어."

"저, 정말입니까?"

"내가 아는 놈들이야."

살았다는 표정을 짓는 장상천에게 김석충이 주의를 주었다.

"웃지 말고 입 다물고 있어."

그사이 경찰들과 이야기를 나눈 차혁주가 세 사람에게 다가왔다.

"일단 구례경찰서로 압송한다. 나랑 민보단원 몇 명이 동행할 거니까 헛된 꿈은 꾸지 말라고."

그 말을 들은 김석충의 얼굴이 살짝 일그러졌다. 경찰 중 한 명이 같이 안 가도 된다고 했지만 차혁주는 들은 척도 하지 않고 카빈총을 챙겼다.

"해 떨어지기 전에 얼른 갑시다."

절망에 빠진 세 사람이 발걸음을 떼려는 순간 뒷산 쪽에서 총성이 들렸다. 간헐적으로 들리던 총성이 점차 연달아 이어지자 경찰지서 마당에 모인 사람들이 술렁거렸다.

김삼복이 차혁주에게 외쳤다.

"빨치산들이 또 쳐들어온 모양입니다."

"젠장! 내가 경찰들을 지휘해서 뒷산 쪽을 맡을 테니 자넨 아랫골로 가!"

"알겠습니다."

사람들이 뿔뿔이 흩어지고 두 사람이 경찰들과 민보단을 이끌고 각자 맡은 곳으로 사라지자 경찰지서 마당은 순식간에 텅 비었다. 그 틈을 타서 이운창이 차혁주에게 말을 걸었던 경찰에게 말했다.

"이 틈에 어서 가자고."

"빨치산들이 쳐들어왔는데 어떻게 갑니까?"

"뒷산 쪽이잖아. 아랫골로 빠져나가서 삼오리로 가면 돼. 거긴 내리막이라 목탄 트럭이라도 수월하게 갈 수 있어."

"거긴 너무 외진 곳입니다."

"아직 해가 이렇게 떠 있는데, 거기까지 빨치산들이 나오겠어? 냅다 가자고."

거듭된 채근에도 불구하고 경찰이 주저하자 이운창이 말했다.

"구례로 들어가면 내가 한몫 단단히 챙겨줄게."

결국 경찰이 출발하자고 말하자 운전사는 남은 숯을 보일러에 부어버리고 운전석에 올랐다. 다른 경찰 한 명이 조수석에 타고 세 사람은 남은 한 명의 경찰과 함께 짐칸에 탔다. 목탄 트럭이 매캐한 연기를 내뿜으며 서서히 움직이면서 경찰지서를 벗어났다. 읍내를 가로지른 목탄 트럭은 아랫골로 난 길을 따라 달렸다. 중간에 김삼복이 트럭을 보고 세우려 하자 이운창이 조수석에 대고 외쳤다.

"그냥 가라고 해!"

조수석의 경찰이 운전사에게 멈추지 말고 가라고 지시하자 목탄 트럭은 속도를 높였다. 삐거덕거리면서 달리던 목탄 트럭이 지나가자 김삼복은 어쩔 줄 몰라하는 표정으로 지켜보았다. 속도를 높이던 목탄 트럭은 맞은편에서 오던 지프를 보고 살짝 속도를 줄였다가 지나가자마자 다시 속도를 높여 순식간에 운해읍에서 벗어났다.

"죄송합니다. 차마 쏘지는 못했습니다."

총격전이 끝나고 뒷산으로 온 김삼복이 힘없는 목소리로 보고하자 차혁주는 이해한다는 표정으로 말했다.

"할 수 없지. 너무 신경쓰지 마."

"그나저나 빨치산들은 금방 물러났군요."

"다행히 그냥 찔러본 모양이야. 기관총 몇 방 쏘니까 물러가더군."

차혁주의 말을 들은 김삼복이 고개를 갸웃거렸다.

"총알을 아끼느라 환장하는 것들인데, 이렇게 쓸데없이 낭비하다니…… 이상합니다."

"그럴 수도 있지. 혹시 모르니까 오늘 밤까지는 경계 태세를 계속 유지하게."

"알겠습니다."

김삼복이 경례하고 돌아가자 차혁주는 경찰에게 넘겨받은 망원경으로 숲 쪽을 살폈다. 캘리버30 기관총을 잡고 있던 경찰 한 명이 부스럭거리는 소리에 총구를 돌리자 차혁주가 얼른 말렸다.

"토끼야. 쏘지 마."

경찰이 방아쇠에서 손을 떼자 차혁주는 망원경으로 다시 숲 쪽을 바라보았다. 빨치산으로 위장한 채 공격하는 시늉을 했던 보아라부대원들이 빠르게 사라지고 있었다. 대열 가장 마지막에는 나동혁이 있었다. 그에게 마지막으로 빨치산으로 위장해 공격해 달라고 요청했을 때 의아해하긴 했지만 흔쾌히 승낙하고 도와준 것이다. 이제 마지막 부탁만 들어주면 모든 것이 완벽하게 끝난다고 생각한 차혁주는 저도 모르게 미소 지었다.

목탄 트럭이 운해읍을 벗어나자 이운창은 안도의 한숨을 쉬었다. 연기를 피해 이리저리 자리를 옮기던 장상천을 힐끔 바라본 이운창이 옆에 앉은 경찰에게 말을 건넸다.

"담배 하나 줘."

경찰이 윗주머니에서 담배를 한 가치 꺼내 보일러에서 불을 붙인 다음 건넸다. 이운창은 후련한 표정으로 담배 연기를 내뿜고 무표정하게 앉아 있던 김석충에게 말했다.

"제 덕분에 빠져나온 겁니다. 이제 구례에 도착해서는 위원장님이 저를 살려주셔야 합니다."

"도착하는 대로 전남경찰국장에게 전화를 넣겠네. 부산경무대에도 연락하고 말이야."

"다시 돌아오면 그 두 연놈을 잡아다가 산 채로 포를 뜰 겁니다."

이운창이 이를 갈면서 담배를 피우려는 찰나 목탄 트럭이 갑자기 급정거했다. 아무 대비 없이 짐칸에 앉아 있던 이운창, 경찰, 김석충, 장상천 모두 앞으로 나뒹굴고 말았다. 그 와중에 재를 흠뻑 뒤집어쓴 장상천이 앞에 대고 소리쳤다.

"이렇게 갑자기 서면 어떡해!"

그러자 운전석 창밖으로 몸을 내민 운전사가 대꾸했다.

"앞에 저게 있어서요."

몸을 일으킨 장상천의 눈에 띈 것은 길을 가로막은 채 쓰러져 있는 큰 나무와 바윗돌들이었다.

"뭐, 뭐지?"

장상천이 어리둥절해하는 사이 이운창이 조수석의 경찰에게 소리쳤다.

"빨치산들이 매복한 거 같아. 어서 후진해!"

이운창의 채근에 멈추었던 목탄 트럭이 천천히 후진했다. 하지만 뒤쪽도 언덕에서 굴러 내린 나무 토막과 바위에 막혀버리고 말았다. 나무를 타고 넘으려던 목탄 트럭은 결국 바퀴가 헛돌다가 멈추었다. 조수석에서 내린 경찰은 언덕 쪽으로 소총을 겨누었다가 입을 쩍 벌리고 말았다. 수십 명의 빨치산이 언덕 위에서 모습을 드러냈기 때문이다. 그들 중에는 양복점 주인이었던 홍봉주도 끼여 있었다. 그가 안경을 치켜올리며 덥수룩한 수염에 누더기 같은 옷을 걸친 우두머리에게 말했다.

"저자들이 맞습니다."

그러자 빨치산 우두머리가 쉰 목소리로 벌벌 떠는 경찰들과 운전사에게 말했다.

"너희에게는 볼 일 없으니까 무기 놓고 썩 꺼져라."

빨치산 우두머리의 말에 경찰들은 무기를 내려놓고 운해읍 쪽으로 뛰었고 그 뒤를 운전사가 따라갔다. 그들이 사라지고 나서 빨치산 우두머리가 허리춤에 꽂아두었던 도끼를 꺼내들었다.

"내 할머니와 누나, 조카들을 너희가 죽였지. 네놈들에게는 총알도 아까워."

다른 빨치산들도 총을 내려놓고 칼이나 도끼, 바윗돌 같은 무기를 들고 서서히 다가왔다. 김석충과 이운창, 장상천은 다가오는 죽음을 향해 소리를 지르는 것 말고는 아무것도 하지 못했다. 잠시 후 빨치산들이 목탄 트럭에 불을 붙이고는 산속으로 사라졌다. 불타는 목탄 트럭 앞에는 피범벅이 된 채 처참하게 뭉개진 세 사람의 시신이 덩그러니 남아 있었다.

　한 중령이 보낸 지프가 도착하자 차혁주는 짐을 꾸리기 위해 숙소로 올라갔다. 미처 치우지 못한 깨진 유리 조각 사이에 시체꽃이 떨어져 있었다. 시체꽃을 집어든 차혁주는 창틀에 놓을까 하다가 허공에 던졌다. 붉은 시체꽃은 나비처럼 팔랑거리면서 허공에 흩어졌다. 차혁주는 더플백에 짐을 챙겨 밖으로 나와 지프가 세워져 있는 곳으로 걸어갔다. 길가 배수로와 처마에는 왔을 때처럼 여전히 꽃들이 피어 있었지만 시체꽃은 더이상 보이지 않았다. 차혁주는 안도의 한숨을 쉬었다. 그때 김삼복이 다가왔다. 뭔가 말하려는 그에게 차혁주가 선수를 쳤다.
　"일찍 떠나서 미안하네."
　"작별인사를 하고 싶어하는 사람들이 많습니다."
　김삼복이 고개를 돌려 읍사무소 앞에 서 있는 지프를 바라보았다. 그곳에는 덕보 할머니와 미례를 비롯해 이번에 끌려갔다가 풀려난 주민들과 그 가족들이 모여 있었다. 그들은 하나같이 눈물을 흘리면서 고마워했다. 차혁주가 덕보 할머니 앞을 지나가는데 뭔가를 내밀었다.

"이게 뭡니까?"

"벼락 맞은 대추나무로 깎은 목걸이야. 이걸 목에 걸고 있으면 귀신이 얼씬도 못 할 거야."

실을 잘 꼬아서 만든 끈에 매달린 새끼손톱만한 나무에 작게 명(明)이라는 한자가 적혀 있었다. 덕보 할머니의 재촉에 목걸이를 목에 건 차혁주는 시동이 걸린 지프 뒷좌석에 더플백을 던져놓고 조수석에 앉았다. 운전병이 조심스럽게 물었다.

"출발해도 되겠습니까?"

차혁주는 대답 대신 고개를 끄덕이고 잠시 고민하다가 목에 건 목걸이를 벗어 뒷좌석 더플백 위에 던졌다. 시동이 걸린 지프가 읍사무소를 떠나 대운서점 앞을 지나갔다. 지프가 속도를 높여 운해읍을 벗어나려는 찰나 꽃들이 흐드러지게 핀 길가에 그들이 보였다. 오정운이 웃으며 손을 흔들자 자청을 비롯한 다른 아이들도 환하게 웃으며 손을 흔들었다. 차혁주는 그들의 환대에 미소 지었다.

"잘 있어라."

작가의 말

 1950년 6월 25일 새벽, 북한의 기습적 침략으로 시작된 한국전쟁은 약 3년 1개월간 이어졌으며 결국 휴전으로 막을 내렸다. 온 국토가 전쟁터가 되면서 남은 것은 잿더미와 상처 입은 사람들뿐이었다. 한국전쟁이 남긴 상처와 여파는 여전히 현재 진행형이다. 무엇보다 가장 큰 상처는 눈에 보이지 않고, 무엇인지 잘 알지도 못하는 이데올로기가 친구와 친척, 이웃사촌 사이를 갈라놓았다는 것이다. 그리고 그 갈라진 틈은 서로가 흘린 피로 메워졌다. 한국전쟁은 제2차세계대전이 끝나고 미국과 소련이 치른 사실상 첫번째 대리전이었다. 그 과정에서 전후방을 가릴 것 없이 학살과 살육이 벌어졌다. 총 대신 죽창, 수류탄 대신 돌멩이를 든 채 같은 말과 풍습을 가진 사람들을 죽인 것이다. 그 장소 중 하나가 바로 지리산과 그 인근이었다. 인천상륙작전으로 낙동강 전선에서 퇴각하던 북한군 패잔병들과 기존의 빨치산들이 손을 잡으면서 지리산과 그 일대를 장악했고, 사람들은 이를 남부군이라 불렀다. 낮에는 국군이나 경찰이 지배했지만 밤에는 남부군 세상이라 할 정도로 세력을 떨쳤고 게릴라전을 통해 대한민국의 전복을 노렸다. 그리고 그 와중에 애꿎은 사람들이 희생되었다.

  이번 작품은 자신들이 왜 죽는지도 모른 채 숨을 거둔 사람들을 위한 이야기다. 시작은 '한창 전투가 벌어지는 전쟁터에서 사람이 죽는다면 무슨 일이 벌어질까?'라는 추리소설가다운 의문이었다. 하지만 영화 〈고지전〉 초반에 비슷한 묘사가 나오면서 방향을 틀게 되었다. 전방이 아니라 후방, 그것도 게릴라전이 벌어지면서 제2전선이라는 말까지 나왔던 지리산 일대로 말이다. 누군가를 죽이고 시신을 버리기 가장 좋은 장소가 바로 전쟁터라는 말이 있다. 죽음이 일상이 되면 개개인의 죽음에는 크게 관심을 기울이지 않기 때문이다. 〈고지전〉 때문에 멈춰버린 상상은 지리산 일대의 죽음 사이에 연쇄살인이 벌어진다면 어떤 일이 벌어질 것인지에 대한 호기심으로 되살아났다. 그렇게 해서 탄생한 작품이 『유령 전쟁』이다. 전쟁이 벌어지면 가장 큰 피해자는 총을 들지 못하는 아이들과 노약자들이라는 말은 상당 부분 사실이다. 한국전쟁에서 증명되었으며 이후 벌어진 무수히 많은 전쟁에서 군인보다 민간인이 더 많이 고통을 받았고 더 많이 숨졌다.

이 작품의 주인공 차혁주 중위의 실제 모델은 독립운동가 출신의 고 차일혁 총경이다. 그는 황포군관학교를 졸업하고 항일 투쟁을 하다가 광복 후 경찰에 투신했으며 남부군을 비롯한 빨치산 토벌작전에 참여했다. 항일 투쟁 경험이 있던 그는 빨치산이라고 불린 게릴라들을 무작정 공격하고 토벌하는 것이 아니라 회유와 귀순을 통해 최대한 인명 피해를 줄였다. 또다른 한편으로는 남부군 사령관 이현상을 사살하는 공로를 세우기도 했다. 아마 그였다면 차혁주 중위처럼 억울하게 죽은 사람들을 도와줄 것이라는 생각이 들었다. 앞서 언급했듯 한국전쟁은 종전이 아니라 휴전으로 멈춘 상태이며 전쟁의 위험은 현재도 사라지지 않고 있다. 나는 개인적으로 전쟁사를 좋아하지만 한국전쟁만큼은 냉철하게 분석하고 파악하지 못한다. 거기에 적힌 사상자 수와 피해는 고스란히 우리의 상처이기 때문이다.

끝으로 신생 대한민국을 지키기 위해 하나밖에 없는 목숨을 걸고 싸웠던 당시의 국군과 경찰, 학도병에게 존경과 경의를 표한다. 아울러 씻을 수 없는 상처를 입었으면서도 불굴의 의지로 이겨내서 대한민국을 선진국 반열에 올려놓은 그 시기의 모든 분에게도 감사를 표한다.

2025년 여름
정명섭

유령 전쟁
1952, 사라진 아이들

초판 1쇄 인쇄 2025년 8월 29일
초판 1쇄 발행 2025년 9월 10일

지은이 정명섭

편집 박민영 정소리
디자인 김이정 최미영 | 마케팅 김다정 박재원
저작권 박지영 형소진 주은수 오서영 조경은
브랜딩 함유지 박민재 이송이 박다솔 조다현 김하연 이준희 복다은
제작 강신은 김동욱 이순호 | 제작처 상지사

펴낸곳 (주)교유당 | 펴낸이 신정민
출판등록 2019년 5월 24일 제406-2019-000052호

주소 10881 경기도 파주시 회동길 210
문의전화 031-955-8891(마케팅) 031-955-2692(편집) 031-955-8855(팩스)
전자우편 gyoyudang@munhak.com

홈페이지 www.gyoyudang.com
인스타그램 @thinkgoods | 트위터 @think_paper | 페이스북 @thinkgoods

ISBN 979-11-94523-73-4 03810

- 싱긋은 (주)교유당의 교양 브랜드입니다.
  이 책의 판권은 지은이와 (주)교유당에 있습니다.
  이 책 내용의 전부 또는 일부를 재사용하려면 반드시 양측의 서면 동의를 받아야 합니다.